MW01644023

Escribarte, 2023

Perdido en Buenos Aires

DANIEL DUQUE GIL

© Perdido en Buenos Aires

Primera edición: julio 2023.

ISBN: 9798851401145

© del texto: Daniel Duque

Editado por: Melanny Hernández R.

Escribarte, Valencia, España.

escribarte.com

Fotografía original y diseño de portada: Gustavo Ivan Riveros

A todos los que me han acompañado,
me acompañan y me acompañarán en
mi camino de perdición y encuentro

"Existen tantas noches como días, y cada una dura lo mismo
que el día que viene después. Hasta la vida más feliz no se puede
medir sin unos momentos de oscuridad, y la palabra feliz
perdería todo sentido si no estuviese equilibrado por la tristeza"
Carl Gustav Jung

TINA Y TINO

«Escribí lo que me estás contando para que te lo creas después. Describí la gente que conocés. Tomate el tiempo para esto, boludo. Te hará bien», me dijo Celeste a la tercera semana de mi llegada a Buenos Aires. Y al día siguiente, mientras viajaba en el tren, saqué mi cuaderno y comencé a tomar notas, pensando que el diálogo con mis frases me podría ayudar, elaborando así una escritura terapéutica. Escribir, tal vez, haría que no me sintiera tan solo. Tuve miedo de ser abandonado en el camino por mi imaginación o por mis ganas, pero, quise prestarles atención a mis voces. Por algo resonaban.

Soy caraqueño, y al llegar a Buenos Aires me recibieron una pareja de amigos. A Celeste la conocí por un trabajo de edición que hice y cuando le dije que me iría a estudiar a Buenos Aires y que, al principio, me quedaría en una pensión, me respondió: «Che, te quedás en casa, luego iremos juntos a ver ese lugar. Sólo si nos gusta te quedás allí, si no, encontraremos otra cosa mejor». Y así fue. Al principio, estuve en casa de «Che Celeste» y «Che Gastón» (así comencé a llamarlos), y después me mudé a mi pensión, que a pesar de que no nos encantó ni a Celeste ni a mí, tan mal no estaba.

Tras mis primeras semanas porteñas les pregunté a «Los Ches» si podía pasar por allí con una amiga a quien quería presentarles. Buscaba testigos que constataran lo que estaba viviendo. También quería estar más con Tina antes de que se fuera al otro lado del Atlántico. Cuando llegamos a casa de «Los Ches», les causó gracia que ella se llamara Agustina y yo Agustín.

– Pero todo el mundo la llama Tina– les dije.

– Sí, por favor, llámenme Tina. A él yo lo llamo Tino.

Tina y yo veníamos de estar con sus padres en lo que fue un paripé mal montado. Fuimos a un restaurante italiano (ellos son Pertotti). Su mamá nos interrogó. Se nos notaba el nerviosismo. En mis adentros escuché el acusador «tú no deberías estar haciendo esto», dirigido hacia mí mismo y hacia ella también. Recordé cómo en Caracas vivía en tensión, ocultando a toda costa lo que sentía, mis verdaderos gustos. Lo que básicamente impulsó mi «sexcilio». Una de mis metas al migrar era mostrarme como Yo Soy.

Lo peor fue el final de la velada, cuando Tina conducía el auto de su papá, rumbo a casa de «Los Ches», en Parque Chas, barrio que es todo un "chas-co" para ubicarse, porque chas, girás y chas te perdés en ese laberinto de calles curvas. Tina no soportó que su papá le repitiera que bajara la velocidad. Pisó el freno de golpe, se bajó del auto, salió, aventó la puerta y gritó: «Yastá, ehh, no aguanto más. Agustín, bajate que nos tomamos un taxi». Su papá, que iba de copiloto, le pidió que se tranquilizara, que sólo le estaba pidiendo que condujese más despacio. Me quedé petrificado. Les pedí disculpas y me bajé. Por casualidad pasó un taxi, Tina lo detuvo, y a pesar de que el taxista nos dijo que estábamos muy cerca de nuestro destino, ella le pidió que nos llevara.

Esa tarde, Tina me quiso presentar a sus papás para que yo la ayudara a convencerlos de que era buena su decisión de largarse de

Argentina. Ella había dejado de ir a la facultad de Farmacia porque «ya no soportaba más», y quería aprender inglés y probar suerte en Europa, por estar «harta del tercer mundo».

Tina me convenció de ir a cenar con ellos para presentarme como un amigo de confianza, a quien quería alquilarle el departamento (de ellos) en donde ella vivía, el cual quedaría vacío por su partida a Europa. Eso se le ocurrió cuando le conté que me quería mudar de la pensión en donde estaba viviendo, sobre todo porque mi compañero de habitación, un hombre de unos cincuenta años que trabajaba en una tintorería, roncaba como un demonio. Él era evangélico y un día me regaló sus libros, todos de Osho. Me dijo: «Para que los aprovechés vos que lees, porque viste que yo desde que conocí la Biblia, no leo otra cosa».

Le conté con alarma: «¡Tina!, No lee más que la Biblia y ronca toda la noche!». Ella peló los ojos y me preguntó si me permitían llevar visitas, si podía cocinar, si tenía calefacción... Con mis respuestas negativas se llevó las manos a la cabeza poniendo una cara desconsoladora. Me dijo «¡No Boludo!, vos tenés que rajar de allí. Sin una estufa te vas a recagar de frío en invierno».

–Lo imagino. Mi idea era comprarme una eléctrica, pero me dijeron en la pensión que no estaba permitido, porque consumen mucha electricidad, y si te digo la verdad, tengo miedo del frío que voy a pasar.

Me preguntó cuánto podía pagar por el alquiler de un monoambiente. Le dije que unos 250 dólares al mes.

–Venezolano, ¡ese es el número ganador! Te acabás de sacar el premio de la lotería. Te alquilo mi depto cuando me vaya a Europa.

Sé que vos lo vas a cuidar como si fuera tuyo.

Al día siguiente, redactamos el contrato de alquiler en un locutorio, y en la tarde nos reuniríamos con sus padres para que vieran que yo era un buen inquilino. «Mi mamá se llama Mercedes y mi papá Rodrigo. No lo olvidés para que los llamés por sus nombres. Ellos seguro te querrán adoptar».

Fuimos impulsivos. Estábamos acostumbrados a serlo. El encuentro con sus padres resultó muy diferente a lo que esperábamos. Lo de ayudarles a entender que era buena la idea de Tina de irse a Europa fue lo que salió mejor. Me esmeré en contarles acerca de amigos que vivían en el «Viejo mundo», cuyas vidas habían cambiado para bien, principalmente, porque migrando se aprendía mucho.

Por otro lado, mi expectativa de mudarme al departamento de Tina se desvaneció con una patadita que sentí por debajo de la mesa, con la que entendí que me tenía que callar. Cuando ellos me preguntaron qué había conocido de Buenos Aires me pareció buena idea mostrarles fotos en mi cámara. En eso salió la imagen de Tina con un mate en una mano y con la otra mostrando un documento. Me pareció la oportunidad ideal para introducir mi tema: «Ese es el contrato que redactamos, ya Tina les contará». «¿Qué contrato?», preguntó su mamá. Sentí un golpe en una pierna, y, como si fuera un extranjero que me enredaba con el castellano, dije que me había confundido, que no era contrato, que era una carta para una universidad que le había ayudado a redactar.

La conversación fue larga. Mientras hablaba me ponía más nervioso. Engarrotaba los dedos de los pies y los hombros se me subían. El señor Rodrigo (todo un hacendado provinciano) me clavó su mirada como preguntando: «y este patiquín de orilla, ¿de dónde habrá salido?». La señora Mercedes hacía una pregunta tras otra: «¿Vos tenés familia en la Argentina? ¿Conocés Londres? ¿Viviste en Europa alguna vez?». Entendía a Tina cuando me la describió: «Mi vieja es neurasténica, me lo dijo su terapeuta con quien yo me trataba también. Le sirve creer que soy una incapaz, para así justificar su sobreprotección. Prefiere cuidar a una cachorra, a darse cuenta de que me ha convertido en una loba enjaulada». En su cara leía lo que como madre decía sin decirlo: «Mi hija no puede hacer las cosas que hicieron tus amigos, porque yo la conozco». Y preguntó de nuevo dónde nos habíamos conocido. Tina repitió lo que había les dicho cuando llegamos, que yo era amigo de un amigo de su Facultad, y que como hacía poco había llegado a Buenos Aires, ella me estaba ayudando a manejarme por la ciudad. La verdad era que nos habíamos conocido tres días atrás en una estación de metro.

Al terminar la pizza, Mercedes pidió un café en jarrito, hurgó en su cartera, sacó sus agujas y prosiguió con el tejido de una bufanda amarilla.

–Lo hace cuando está estresada –me dijo Tina, encendiendo un cigarrillo.

Se dice que las madres saben cuándo sus hijos mienten. Creo que Mercedes sospechaba que Tina y yo no teníamos ningún amigo en común de la Facultad. Sin embargo, seguro que no le hubiese gustado saber que Tina y yo al día siguiente de vernos por primera vez, tomamos un ómnibus, nos bajamos en plena ruta e hicimos dedo para llegar a la casa de campo que ellos tenían en plena pampa.

Cuando retornamos a Buenos Aires, le pregunté a Tina si me quería acompañar a visitar a mis amigos «Los Ches». Me dijo: «Claro, y yo quiero invitarte a cenar con mis padres, así los conocés».

En cuanto entramos a casa de «Los Ches», Che Celeste no tardó en notar que veníamos agitados y preguntó: «Che, ¿nos fumamos un porro?». Yo asentí varias veces. Tina prefirió no hacerlo, dijo que ella estaba bien con su tabaco. Así me di cuenta de que no habíamos hablado de ese tema. Tras fumar, Tina me miraba con curiosidad de ver cómo me pondría.

Mas naturalidad

Tenía tiempo sin encontrarme con la María. Cuando decidí mudarme a esta ciudad, una de las cosas que presentí es que la María Juana y yo estrecharíamos nuestra relación, porque en Buenos Aires se aceptaba su presencia con mucha más naturalidad que en Venezuela. Cuando comencé a reírme por cualquier cosa, Tina me dijo sonriendo: «Sos pintado al óleo». En eso capté algo extraño, la sonrisa de Tina se me hacía muy familiar, pero no me quise martirizar la cabeza para saber a quién se me parecía. Noté como casi siempre que fumaba que tenía que aprender a reprimirme menos. Le conté a «Los Ches» del departamento que Tina quería alquilarme. Les dije que ella era como un ángel en mi camino. Tina me acariciaba el cabello. Ellos me veían asombrados, pero no lo estaban más que yo de mí mismo, porque me estaba pasando lo que ya consideraba imposible, lo que daba por descartado en mi vida. Tina me estaba gustando, como mujer, como posible pareja, y ella parecía encantada conmigo, a pesar de que en nuestra primera conversación había detectado que me gustaban los hombres. Me lo preguntó y no se lo negué.

Por más que de adulto muchos me han dicho que no se me nota tanto que sea gay, creo que de niño tenía un afeminamiento más visible. Tenía gustos que no se parecían a los de la mayoría de mis compañeros del colegio o a los de mis vecinos con quienes jugaba. Por ejemplo, mientras que yo prefería no participar en las prácticas de deportes en equipo, pues sentía miedo de recibir un balonazo o un patadón, mi mejor amigo se volvía loco por el basket. Influenciado por él yo también coleccionaba el álbum de los de la NBA cuyas estrellas del momento eran Michael Jordan y Magic Johnson, pero más que las jugadas, a mí me gustaba ver los músculos de los jugadores y el bulto de su entrepierna. A mi amigo le daba rabia que yo no fuera como él, yo sentía que no le resultaba fácil andar con alguien distinto. Por vivir tanto enmascaramiento afecté mi cuerpo con dolores, perdí infinitas oportunidades de ligar con chicos y hasta comencé a tratar con desprecio a mi familia por sentirme escrutado por ellos.

Esa noche, luego de la tercera cerveza, Tina se levantó y dijo que debía irse. Le pidió a Celeste que le llamara un taxi. Pensé que se iba porque estaba incómoda. Le pregunté si todo estaba bien. Me tranquilizó diciéndome que nos veíamos al día siguiente: «Llamame en cuanto te levantés». Cuando se fue, nos quedamos hablando Celeste y yo. Ella me pidió disculpas por lo que me iba a decir, pero Tina le había parecido una desubicada total. Le parecía extraño eso de invitarme a su hacienda en Zárate apenas haberme conocido. Ni hablar lo del encuentro con sus padres, lo del departamento, los ojos con los que me miraba, su partida a Europa. Me pidió que le contara de nuevo cómo nos conocimos. ¿Me persiguen las mamás controladoras? Recordé que en mi mochila llevaba lo que escribí en el campo de Tina mientras ella galopaba con el Colo (un gauchito que trabajaba para su familia desde que nació). «Celeste te hice caso con lo de que escribiera las cosas que estaba viviendo. Escribí cómo conocí a Tina sentado en una sillita de playa viendo la pampa. ¿Quieres que te lo lea?». Ella asintió varias veces con la cabeza tragando saliva. Le leí:

Pasó:

Las primeras frases que me dijiste no las pudiste terminar. Jadeabas. Ojalá no fumaras tanto. Bajaste corriendo las escaleras de tu edificio para alcanzar el último tren con dirección a Catedral, el mismo que quería tomar yo. Mientras esperaba en el banco te vi y me saludaste con la mirada. Como en la canción de Fito Páez: Yo no buscaba nada y te vi.

Esperábamos un vagón que nunca llegó. Te pregunté si no pasaban más… y pasó que nos sentimos contentos de encontrar compañía, que intercambiamos monedas por cigarrillos para tomar el mismo colectivo. «Creo que te quedo debiendo, ¿no quieres otro?». Pasó que me dejaste encaminado para que sólo tuviera que caminar recto para llegar a donde iba, que cuando cruzamos la calle me tomaste del brazo, como a un niño, y me gustó. Queríamos seguir juntos, pero tenías que ir a San Telmo y yo a Puerto Madero. Pasó que quedamos para vernos el día siguiente. «¿Te parece muy temprano a las seis de la mañana en el mismo banco donde nos conocimos?» Pasaron muchas cosas más, que para qué contarlas, si vos y yo sabemos lo que pasó.

Che Celeste quedó un poco patitiesa. «Es increíble. ¿Será que eres gay en Venezuela y en Argentina no?», me dijo. Reímos. Celeste se disculpó y me pidió mi consentimiento para preguntarme cosas de mi vida gay: como si alguna vez me había vestido de mujer o si mis padres sabían que yo era homosexual. Como la María me pone parlanchín, más de lo que ya soy, y como en Buenos Aires casi siempre la noche es joven le conté:

«Cuando mi mamá se graduó en la universidad (mi hermano y yo ya éramos adolescentes). En la celebración le pedí su toga para ponérmela. A las compañeras de mi mamá les pareció gracioso que yo quisiera saber qué se sentía vestirse de graduando, pero a mí, más bien, me llamaba la atención saber cómo era portar una especie de falda frente a otras personas. Ya a esa altura me había puesto algún vestido de mi mamá, probado sus tacones y pinturas de labio cuando me dejaban solo. (Celeste rió aún más porque decía que no me imaginaba).

Creo que tener un padre tan permisivo le dio rienda suelta a mi rebeldía, con causa o sin causa, pero sí un tanto desenfrenada. Su regla era: no golpes. Nuestra crianza la basaba en los libros de psiquiatría infanto-juvenil que, como buen psicólogo leía, pero mi mamá, en su ausencia, sí nos daba chancletazos y correazos. Por eso sentía más apego a mi papá que a mi mamá, y tener una relación dura con mi madre propició que maltratara a mi padre y a mi hermano, y, por ende, a mí mismo.

Mi infancia y adolescencia las viví con una gran crisis de identidad. Cuando entraba en contacto con los otros me debatía entre querer pasar desapercibido, para no levantar comentarios acerca de mi amaneramiento, y querer llamar la atención con chistes y burlas sobre otros chicos afeminados, para librarme de sospechas. En lugar de estar pendiente del fútbol o del béisbol, como los otros, me interesaba más leer, sobre todo obras como *Cien años de soledad* y *La casa de los espíritus*, y ver telenovelas; más que Metállica, Guns & Roses o Nirvana, prefería ver los videos de Menudo y de Chayanne, pero para verlos tenía que esconderme, porque mi familia (más de pueblo que de ciudad) y mi país (por lo menos en los 80) eran bastante conservadores, por lo menos en cuanto a sexualidades se refiere.

Mis padres querían que yo jugara béisbol, y me inscribieron en un equipo, pero como no era bueno me dejaban en la banca. Me daba miedo que me dieran un pelotazo, si hasta me ponía nervioso cuando me llegaba el turno de darle a la piñata en las fiestas de mis amigos.

Cuando mi hermano comenzó a tener sus primeras novias, yo sentía celos y también presión. Sabía que, en la familia, pronto querrían saber acerca de mis novias. «¿Y las potras?», me preguntó una vez una de mis tías.

Con miedo, me aventuré a visitar por primera vez «sitios de ambiente». Veía en la guía *Date en Caracas* la sección "En Ambiente", y pasaba de día con mi coche, para identificar dónde estaban, pero de noche no me atrevía a ir. Hasta que lo hice. Fue la noche de la boda de la hermana de una amiga. Esa noche probé el sushi por primera vez. Como era tremenda, mi amiga me dijo que le pusiera bastante wasabi porque eso era una salsita estilo guacamole. Embadurné el trozo de sushi y me lo comí entero, y luego vi el diablo vivo. Tomé whisky como loco para que se me bajara el ardor explosivo que me recorría la cabeza. El "guacamole" fue lo que me impulsó a ir a un local gay por primera vez.

Al llegar en mi smoking, con mis dieciocho años, era una pieza de seducción apetecible. Varios giraron a verme, me quité la chaqueta del sofocón que me entró. Me senté, y me empezaron a invitar a bailar incluso las Drags. En eso vino un chico, no tan guapo, pero tenía mirada tierna, era delgado, parecía educado. Me dijo que se notaba que yo tenía miedo. Mientras hablamos acercó su cara a la mía y le dije que allí no, que la gente nos estaba viendo. Me dijo que fuéramos en su coche por allí. Le respondí que mejor fuéramos en el mío porque quería tener algo de control. Nos fuimos a una casa abandonada, y en el garaje, dentro del coche, tuve sexo con un hombre por primera vez. Al terminar le pedí que se bajara del coche. Él me pidió que, por favor, no lo dejara allí tirado, que lo llevara a la disco de nuevo. Tomé aire y lo llevé. Cuando llegué a mi casa me duché y restregué bien, me sentía violado, asqueado, pero sabía que esa habría sido la primera vez de muchas. Al poco tiempo lo encontré en mi universidad, no sabía que estudiaba allí. Me quiso saludar, pero me hice el loco, me daba vergüenza. ¡Qué tonto fui! Si pudiera volver el tiempo atrás hubiera hecho todo de una forma más sana.

Así viví por un tiempo con una doble vida, anhelando tener una sola. Recién graduado en la universidad, buscaba trabajo en Caracas, pero en realidad lo que quería era irme del país; y mientras encontraba una oportunidad me dedicaba a dar clases de inglés a niños pudientes. En eso, una empresa cervecera internacional me llamó y me propuso que comenzara como promotor (iba a las licorerías a hacer negociaciones como que colocaran los anuncios de la marca a cambio de ciertas ventajas en la distribución). No sentí que era lo que quería hacer y rechacé la oferta. Al contarlo en casa, mi hermano me dijo: "Claro, tú lo que quieres hacer es trabajo de señorita". Lleno de rabia rompí las puertas de mi armario gay y les grité a él y a mis padres que yo era gay, por si no se habían dado cuenta. La noticia fue una especie de bomba atómica que desató una crisis de gritos y llantos. Mis padres me pidieron que iniciara un tratamiento con una psiquiatra (amiga de mi papá), quien, a las pocas sesiones, me dio de alta, explicándome que tenía que estar allí sólo si era mi voluntad. Cuando mi papá supo, se enemistó con ella».

Celeste estaba muy impresionada. Me dijo que había sido valiente al contarlo aunque no hubiera sido de la mejor manera, que menos mal que todas las cosas cambian y que, ahora, me la llevaba mejor con mis padres, y, además, me había venido a su país, donde podía ser gay con más naturalidad que en el mío. La interrumpí para preguntarle: «Cuando decías que te parecía increíble lo que me estaba pasando con Tina, ¿lo decías como increíblemente bueno o increíblemente malo?» No me respondió, sólo me deseó suerte y me animó para que siguiera escribiendo. Al día siguiente, escribí más.

UN REMEDIO ENVENENADO

Al cabo de dos años de haber conocido Buenos Aires, decidí emprender el vuelo para vivir allí. No quería demorar más mi urgencia por salir de casa de mis padres, de buscar mi lugar. No sabía si podía valerme por mí mismo, y la única forma de descubrirlo era ponerme en situación, como cuando se comienza a caminar. Debía despedirme de todo lo que consideraba mío hasta ese momento: cotidianidad, familia, amigos, lugares, objetos, auto; decirle adiós, por tiempo indefinido, a mi clima, mi comida y muchas cosas más que ni imaginaba.

«Salta y la red aparecerá», había leído, pero me preguntaba: ¿estás listo para saltar? Días antes de mi partida, al hacer mi equipaje, caí en cuenta de que no me podía llevar mi biblioteca, mi equipo de sonido, mis fotos (como diez álbumes), mis discos, mi armario lleno de ropa. Sólo podía llenar dos valijas, tomando en cuenta el máximo de peso permitido por la línea aérea. Mi vida material se tenía que reducir a menos de 60 kilos.

Podía buscar independencia en mi país, pero veía al exterior como mejor opción, al igual que tantos otros amigos y conocidos que se habían ido. El chiste repetido era que en Venezuela sí había una salida: el aeropuerto internacional de Maiquetía. Quería alejarme de las situaciones que me desagradaban: inestabilidad económica, conducta incivilizada, demagogia, delincuencia desatada, premios al mal gusto, deterioro de valores... Recuerdo que la primera vez que fui al Café Tortoni en Buenos Aires pensé que lo más parecido que teníamos en Caracas era El Gran Café de Sabana Grande, ahora venido a menos, al igual que el boulevard donde se encuentra. Me preguntaba si irme a otro lugar sería la solución, o si la insatisfacción viajaría conmigo porque yo era un inconforme de naturaleza.

Tina también quería emprender un viaje para alejarse. Al verme a mí emprendiendo la cruzada de la migración siendo un año menor que ella (yo con 25 y ella con 26), sentía que se le comenzaba a quemar el arroz. Me contó que no veía la hora de distanciarse de la mirada escrutadora de sus padres. Para librarse de sus controles les inventaba cosas, pero según ella ya no quería una mentira más en su vida. Me cantó una canción de Sabina mientras caminábamos: «Eres un remedio envenenado…». Esa definición le venía bien a ella. Nunca nos besamos ni tuvimos sexo. Pero yo pensaba mucho en su sonrisa, en su mirada aguarapada, en sus moños sostenidos con pinzas o palillos chinos. Cuando soltaba su cabello movía con sensualidad su cabeza de un lado al otro, para relajar el cuello. Me gustaba cómo caminaba, fumaba, como se sentaba cruzando y ladeando sus piernas carnosas. Las ocasiones de piel sobraron, en todas me puse nervioso. La más cercana fue cuando bailamos una pretensión de tango en su departamento, que sus padres no quisieron alquilarme, y me rozó el rostro con su nariz, boca y mentón. Me contenía para no buscarla más, pero cuando nos veíamos, ella me ayudaba a caer en cuenta que era una estupidez asustarme por no saber lavar mi ropa o cocinar. «Che, pronto sabrás todo eso y más. Ya hiciste lo más importante: salir a buscar tu lugar».

Me debatía entre centrarme en mis estudios y la búsqueda de trabajo, o dejarme llevar y pasar los días con ella, caminando al pedo («al pepe», «al peperoni», como ella decía) en cafés, en el cine, en conciertos, obras de teatro, en El Ateneo de Santa Fe y Callao de donde ella era «habitué».

«Colgarse» le dicen en Argentina a olvidarse del resto, de las obligaciones, de todo. Tina me alentaba a vivir «colgado» con ella. Algunas veces me sorprendía con su claridad, con su conexión, me decía frases que yo justo estaba pensando, o que no se me habían ocurrido pero que eran las precisas. En otras ocasiones lograba el mismo efecto con su «oscurantismo». Esa palabra se la escuché cuando le dijo a un amigo, por teléfono: «No me vengás con oscurantismos porque soy muy parecida a vos, y me imagino en lo que andás». Así era ella, los rodeos no le iban. Me imaginaba cómo hubiera sido la historia si nos hubiésemos enamorado. Me hacía sentir que conocerla era una de las razones por las que había ido a su país. Pero al mismo tiempo, no creía poder amarla ni dejarme amar por ella. Yo no escogí de niño deleitarme viendo las fotos o videos de Menudo o Chayane, razón exclusiva por la que entraba a las discotiendas. No fue mi elección que me estimularan las tapas de sus LP's donde exhibían sus pechos abultados.

Cuando estaba en el colegio fui con un grupo de amigas y amigos a un concierto de Luis Miguel. A mí me querían ennoviar con la hermana de una de mis amigas, pero yo en el concierto estaba más pendiente de cómo Luis Miguel se halaba los cabellos. Muchísimo más fácil hubiese sido si me hubiera gustado esa chica. Pero bien dice la canción Simón, de Willie Colón: «No se puede corregir, a la naturaleza, palo que nace doblao, jamás su tronco endereza».

CONVERSACIONES CON FINTAS

Mis contactos con la ciudad, su clima, su gente, me fueron enterando de las movidas y los códigos; sin embargo, cuando sentía que comenzaba a entender, me llevaba una sorpresa. Un día de canchero quise evitar que un taxista me diera vueltas (como suelen hacer para que corra el taxímetro), le dije al subir (imitando el tono argentino): «Che, me shevás a Guido y Cashao». Me respondió arrugando la cara: «¿De dónde sos vos?».

Rasgos que se repetían: la viveza era uno. Ese deseo de ventajismo que se encendía cuando escuchaban mi acento: un cambio de precio, otro vuelto incompleto, «gracias por la propina», y yo: «What?». En una tintorería también quisieron sacar provecho. Mandé a teñir unas gorras que se me habían manchado. Las dejé, aunque no me dijeron en cuánto me saldría, según, tenían que averiguarlo, pero antes de teñirlas quedaron en que me llamarían para consultarme si me parecía el precio. No lo hicieron. Cuando me llamaron me dijeron que las gorras estaban listas y que debía 38 pesos, 19 por cada una. Me molesté. Les dije que no les pagaría porque no me consultaron. Se negaron a darme mis gorras. Les amenacé con que iría al Instituto de Defensa al Consumidor. Fui, no me dieron la razón.

A veces me sentía en la capital de la mentira y la desconfianza. También me percataba de un cierto rechazo hacia el inmigrante latinoamericano. Los porteños que conocía casi todos descendían de europeos. No eran resultado de mezclas que incluían a indios y a negros como la mayoría de la gente de mi país. Al preguntar por qué no había indios ni negros me respondían riéndose: «porque los matamos a todos». Un compañero de la Universidad me dijo:

–Los argentinos no somos latinoamericanos, somos ar-gen-ti-nos.

– ¿Pero esto es un continente aparte? –le pregunté.

Cuando me llenaba de rabia me sentía entre descendientes de nazis y de sicilianos mafiosos. Sangre fría para desangrar. Escuché que todo argentino tiene un enano facho adentro. Varios taxistas (¡cómo les gusta hablar de más!) me dijeron que en la dictadura se estaba mejor.

– ¿Y los desaparecidos?

– Ahora también matan y no los sentencian a muerte como se debería.

Cuando llegué a Buenos Aires, leí la noticia de la muerte de seis bolivianos en un incendio del taller textil donde trabajaban y vivían hacinados con sus hijos. En sus jornadas de dieciséis horas eran custodiados por capataces. El artículo señalaba que en la Ciudad había cientos de talleres como ese.

Un amigo vasco fue a Buenos Aires por trabajo, y cuando fui a despedirme, le pregunté si la había pasado bien. Me contestó que no mucho, que prefería visitar cualquier ciudad europea, porque allí estaba lo original y no la imitación. Se iba molesto porque le dieron unos billetes falsos y también en el hotel le quisieron cobrar de más: «Siento que cada vez que voy a salir me tengo que poner guantes de boxeo. A ti tal vez te parece todo perfecto porque tu país está peor y porque todavía estás de luna de miel». Tragué fuerte. Pensé que todo esto me fortalecería (lo que no te mata, te hace más fuerte). Me chocaba que cada vez que pagaba algo, revisaban si mi dinero era falso. Pensaba que yo debía hacer lo mismo cuando recibiera el vuelto. Además, ya me habían robado varias veces (el móvil en el subte, una bicicleta que había dejado un rato atada en la calle y la cartera como por arte de magia mientras veía un show en San Telmo). Cuando fui a la Embajada a preguntar cómo hacía para reponer mi cédula de venezolano, la secretaria (una negrita que parecía recién importada de un ministerio público venezolano) me dijo: «eso es pa' que tu vea' que los blanquito' también rooobaaan».

Me tenía que avivar y avispar, abrir los ojos. Captar cómo venía la mano en cada momento. Muchos se mostraban encantadores hasta obtener lo que querían. Otros aparentaban solidaridad, pero no estaban a la hora del té, o, como le escuché a un peruano, «a la hora en que se queman las papas». En *El Príncipe*, Andahazi sostenía que el valor de la promesa no está dado por su cumplimiento, sino «por su dilación indefinida en el tiempo». La ilusión es más poderosa que la realidad. Entonces, decidí que cuando iniciaran una conversación conmigo me recitaría en silencio «no te creo, no te creo». Le conté esta técnica a una amiga venezolana y me preguntó: «¿Te parece que así se puede convivir en un lugar?».

Me sorprendían los vendedores ambulantes. En mi país casi siempre escuchaba lo que vendían y el precio: «Audífonos Sony, a tres mil, a tres mil, a tres mil, audífonos Sony…». Mientras tanto, en Buenos Aires…

Vendedor 1: «Amiga, si vos me decís que vas a gastar esos cinco pesos en comprar algo mejor, te preguntaría qué y dónde lo venden para ir a comprarlo yo también, pero ¿qué de buena calidad podés comprar con esos 5 manguitos?…».

Vendedor 2: «Buenas tardes, señores, llegó el 'glamurr'. Estos estuches de peluches para sus celulares se los regalarán a sus novias y quedarán como reyes. Ya envidio al caballero que me compre uno. ¡Qué noche le espera! ¡Cuando se lo dé a su novia, ya imagino lo que le dará ella!».

Buenos Aires podría ser la capital de la retórica. «Aporteñarse» era saber hacer conversaciones con pases hacia atrás, hacia adelante y muchas fintas (como en el fútbol). Este entrenamiento de la «parla» comienza en la niñez. Muchos padres tratan a sus hijos como si fueran adultos. Me asusté cuando en un autobús escuché a un niño reclamándole a su papá porque no le quería comprar un alfajor diciéndole que le crearía un trauma en su niñez. Me pareció una escena de una película de terror.

RECONOCERME, O TODO LO CONTRARIO

Mis días transpiraban emociones. Rastreaba veredas rodeadas de edificios antiguos grafiteados. ¿Era una ciudad clásica con pretensiones bizarras?, ¿o una ciudad bizarra con pretensiones de clasicismo? Me sentía engullido con ganas de engullir. Perseguía algo que no identificaba, entre extraños para quienes yo era otro extraño. Tropezones... humaredas en la cara... roces... fricciones. Un paso tras otro de un andar insólito. Una mano atravesada en mi camino para darme un papel en el que aparecían dos chicas cuasi adolescentes mostrando todas las curvas de sus cuerpos. El texto: «Paraguayitas, dos por una, sólo por 20 pesos».

Voces: «Disculpá», «Permiso». Búsqueda de serenidad en el medio del ruido. Errante me escapaba de mí mismo, para encontrarme a la vuelta de la siguiente esquina de este laberinto hecho de calles que cruzaba dando pasos irreversibles. Subía la mirada para ver los ventanales, las cúpulas. Recordando las palabras de Che Gastón: «Los turistas miran para arriba, quienes vivimos acá miramos para abajo, así que ojo porque los ladrones te reconocen fácil». Algunas ventanas me ladraban, otras me lanzaban flores. Miles de vidas que me podían alentar a reconocerme o a todo lo contrario.

En el día prefería comer afuera, en lugar de probar en la kichinete de la pensión mis nociones de cocina. Quería conocer lugares y personas interesantes, no estar siempre solo. Leía los periódicos en los cafés, y saltaba de un locutorio a otro. En un diario leí que Buenos Aires es la ciudad de Latinoamérica con más «centros de comunicación» (así les decimos en Venezuela a los locutorios). Pero por más que sean cientos, no es fácil encontrar uno que sea tranquilo. La escena repetida era un chino atendiendo, luces apagadas (¿será que los chinos pusieron de moda las penumbras para ahorrar luz?), grupos de muchachitos pegando alaridos porque se mataban en juegos de video: «¡Te di, te di!». Me provocaba gritarles: «Si no te callas te voy a dar yo». Parecía que el juego consistía en ver quién daba el alarido más fuerte, si ellos o los muñequitos de la pantalla que echaban sangre por la boca.

«TODO BIEN»

Se sumaban las vueltas del idioma. Las expresiones como el «todo bien, shastá», semejante al «no pasa nada» español (en venezolano: «no me parece, pero qué carajo»). ¡Y las palabras!

Me inscribí en un gimnasio para nadar y la regla de la piscina (pileta) decía: «Es obligatorio el uso de ojotas y antiparras». Pensé: ojotas, debe venir de ojos, esos son los lentes. Antiparras entonces son las cholas, las chanclas, claro, se llaman así porque evitan que se te peguen las «parras» que deben ser los hongos. Aún no me había comprado los lentes, pero a pesar de eso quise nadar un poco (no es difícil para un caribeño infringir las normas). Al terminar mi segunda piscina, se me acercó el salvavidas y me preguntó: – «Y tus antiparras?» –Están allí – le señalé donde estaban mis cholas. –Pero che, ¡te las tenés que poner para nadar!– me dijo juntando los deditos de la mano derecha para hacer como una alcachofa (gesto típico italiano para «Ma, che dice?», pronunciado «ma qué dichi»). Lo miré como si estuviera loco. Él respiró y me dijo: –Podés pescar una conjuntivitis. Aún me llevó unos segundos entender que las antiparras eran los lentes o gafas de natación. «¡Ah!» Y salí poniéndome mis chanclas, pensando qué carajo serán las parras. Al llegar a casa busqué la etimología y resulta que la palabra viene de: ante paro, protección, parar antes.

También me sorprendían las discusiones en la calle. Parecía que muchas parejas seguían la regla: «Yo me aguanto tus insultos y vos los míos». En este paquete, parte de mi nuevo paisaje, entraban las críticas de golpes bajos. En un foro on-line la pregunta del día era: ¿Cómo lo vio a Maradona en la entrevista con Tinelli?

Uno que se hacía llamar «Choripán Pepe» escribió: «Me avergonzó como siempre. Ese es un negro cabeza enriquecido por darle bien a la pelota y que se gastó toda la guita en drogas. Es villero y falopero. Idiotas aquellos que hicieron que se crea un Dios».

«Anónimo» le contestó: «Creo que tenés un problema bastante serio. Antes de fijarte en los demás, debés resolver tu enfermedad mental, que de por sí está complicada. El villero y falopero, como decís, tiene por un lado el ser «villero», la mayoría de las veces sin educación ni buenos trabajos, y lo de «falopero» es una enfermedad que puede tratarse. En cambio, vos ya sos así, no creo que tenga solución. El que nace como vos: boludo, muere boludo».

Y luego otro «Anónimo» remató: «Critican a Maradona, pero ¿qué carajo les hizo él a ustedes? ¿Robó, asesinó, violó?, le dan más duro que al asesino de Vicente López. Al fin y al cabo, el mal se lo hace él solo. Yo no soy nadie para juzgarlo, y ustedes tampoco. Somos muy buenos para señalar al otro, pero no para mirarnos al espejo. Decimos que Menem, De la Rua, Kirchner... fueron una mierda. Y el que va a venir también lo será, por eso pienso que los únicos que no sirven somos nosotros, que cada día estamos peor, que queremos vivir como en Suiza, pero que el intendente levante la basura que tiramos en el suelo».

Alabaré a mi Jesucristo

Se acercaba el invierno. Relacionaba los cambios de temperatura (de hasta 20 grados en un día) con las personalidades cambiantes de los porteños. El clima reflejaba a la gente de esta ciudad y viceversa. Celeste me decía: «Andá haciéndote a la idea de que vas a pasar unos meses más con una temperatura más baja que ésta, pero hacelo sin estresarte porque luego vendrán de nuevo los días soleados que a vos te gustan». Un día apenas me vio me gritó: «Pero, negro, ¿cómo salís sin campera? ¡Tenés que cuidarte! Vestite como una cebolla, capa sobre capa».

La noche en que comenzó el invierno faltaron a clases más de la mitad de mis compañeros. El profesor dijo: «Acá estamos los aguerridos, los que logramos despegarnos de la calefacción». Pero yo, que no tenía calefacción, había ido por la del salón de clases. Con el invierno la necesidad de producir se hace imperante. Hay que comprar ropa abrigada, frazadas, calefactores. En Venezuela el verano es perenne, igual que el bochinche. Allá el tiempo transcurre de manera distinta, todos los días se parecen. Llueve, pero, con algunas excepciones, escampa pronto. Nada más, sin mucha sorpresa. Sin comparaciones con el temperamental clima de Buenos Aires. No en vano dicen: «Llueve y escampa… y vuelve a llover», que más que una descripción meteorológica denota cierto pesimismo nostálgico.

Con los días, el invierno se hizo cada vez más presente dentro de mi cuarto sin calefacción. Los ronquidos de Mariano no lo ahuyentaron, pero sí hicieron que fuera más imperiosa mi necesidad de mudarme. A esto se le sumó un episodio que me hizo entender que tenía que salir de esa residencia: Susana, la encargada del mantenimiento, golpeó mi puerta una tarde. Me asusté porque en ese momento estaba jorungando la Biblia de Mariano que estaba rayada por todos lados: «Bendito seas», «Alabaré, alabaré a mi Jesucristo». Cuando abrí la puerta, vi a Susana con la cara arrugada. Agarrándose la barriga me dijo que le daba vergüenza, pero que estaba enferma de la panza y que la dueña de la pensión no la tenía contratada, por lo que no tenía obra social. Le pregunté qué era eso de obra social. Me aclaró que así se le dice al seguro médico. El tema es que no tenía nada de plata para ir al doctor ni para los medicamentos. Me pidió 50 pesos prestados, que en aquel entonces equivalían a unos doce dólares. Le di diez pesos que era lo que tenía. En la tarde cuando volví, escuché desde las escaleras de la entrada, la voz (los gritos) de la dueña de la pensión. Era gorda, escandalosa, siempre andaba con un perrito al que le ponía un lacito sin importarle que fuera macho. Cuando subí las escaleras, me encontré con un mitin en la salita. Allí estaban varios huéspedes hablando con la dueña. Me preguntaron si Susana también me había pedido plata.

–Sí, porque se sentía mal. Yo le presté diez pesos.

–Olvidate de tus diez pesos, querido. ¡Esa era una paraguasha ladrooonaaaa!– ladró la dueña.

Entre todos me contaron que Susana se había dado a la fuga, no sin antes robarle algunas cosas a varios pensionarios. «Andá a revisar a ver si te agarró algo». ¡Coño! Corrí a mi habitación, y allí estaban mi computadora portátil y mi cámara de fotos. ¡Uff! Salí y les dije que creía que a mí no me había quitado nada. «Ah, como que sólo se llevó cosas de ¡quienes no le dieron plaaataaa!», bramó la dueña. Esos diez pesos fueron entonces una inversión. Me dijo que habían hecho la denuncia, que se había agarrado relojes, anillos y hasta camperas.

Se me clavó la mala espina de la inseguridad. Le dije a Mariano que buscaría mudarme y él me respondió que haría lo mismo. Susana tampoco le robó. Cuando yo estaba por fuera, Mariano llegó y la encontró "trabajando" en una pieza, y le prestó los 50 pesos que le pidió.

¿QUÉ ES UN PETE?

Visité varias habitaciones que encontré por Internet, pero nada me convencía. Llamé a un tal Kevin que alquilaba un cuarto. Me respondió diciendo: «Vení ahora mismo si podés, porque tuviste suerte de que atendiera el teléfono». Fui. Me gustó la ubicación, por Facultad de Economía (entre dos estaciones de subte: líneas D y B). Por ser un barrio estudiantil, había sitios baratos para comer, sacar fotocopias, locutorios, mercados y lavanderías. El edificio era viejo. En la fachada había un estencil que decía: «Mamá, soy puto» (así, y también «trolo» y «carolo» se les dice a los homosexuales en Argentina). Toqué el portero eléctrico, el intercomunicador, varias veces, sin respuesta. Cuando ya me iba, un petiso (bajito), morocho (moreno), con pinchos en el cabello, piercings en las cejas, y marcas de acné en la cara, abrió, me miró de abajo a arriba y me preguntó: –¿Vos sos Agustín?

Entré. La imagen me pareció de cuento de terror: Un pasillo oscuro, largo y estrecho, con una sola luz al fondo, flanqueado por puertas de madera antigua, con la imagen de la esvástica que se repetía en serie en las baldosas del suelo la. La puerta de Kevin estaba al fondo a la derecha (como los baños). El departamento era poco luminoso. Tenía cortinas grises y rojas en las puertas y las ventanas. El suelo estaba roto. Al abrir el baño, Kevin quiso matar una cucaracha que iba subiendo por la pared, pero no la alcanzó. Los vidrios de la bañera tenían agujeros al igual que la ventanilla. Me dijo que esos huecos los había hecho a propósito porque el calefón (calentador) estaba adentro y era peligroso (yo no entendía de calefones, en Venezuela casi todo es eléctrico). La madera de las puertas estaba vencida y por eso rechinaban. La habitación que alquilaba era grande, las paredes estaban pintadas de rojo, al igual que los estantes y el armario. Al lado de la cocina, había una salita disfrazada de discoteca, con una consola de música inmensa, sobre la que colgaban desde el techo unos audífonos muy grandes. Un sillón que parecía un trono, una bola de espejos colgando del techo y una hamaca.

Me preguntó si estaba apurado, le dije que no y me convidó a tomar cerveza. Nos sentamos en la cocina. Cuando me hablaba del australiano que había vivido con él, le llegó un mensaje. Lo leyó y rio.

– Este quiere que le haga un pete de nuevo, ¡no le bastó con el de asher!

–¿Qué es un pete?

–Jajaja, ¿de verdad no sabés qué es un pete?, pete de chupete, chupete de pija.

–Ahh, creo haberlo escuchado. Yo también soy gay.

–¡Sos gay y no sabés lo que es un pete! ¡Cómo estamos! ¡Eso es conocimiento básico!

Me sentí de nuevo dentro del armario, como cuando de adolescente me quedé prendado por Madonna y coloqué su foto semidesnuda en las puertas de mi armario. Adentro del closet, ella y yo también. Kevin era chistoso y la escena también. Me preguntó si salía de joda en las noches y a dónde, también quería saber cómo estaban las cosas en Venezuela. Me contó que trabajaba en un ministerio público como asistente, y que los viernes y sábados era DJ en Villa Luro.

–Bueno Venezuela, te voy a llamar «Vene», vos parecés buena onda. Así que si querés, te mudás mañana.

Le respondí que lo pensaría. Al salir, caminé una cuadra y le envié un texto: «Mañana en la noche llevo mis cosas». –Te espero a partir de las 19. Me alegré por haber encontrado un sitio. Me daba curiosidad vivir con un tipo así en un lugar que en la primera impresión me provocó ganas de salir corriendo.

Un Milagro de La Negra

Al llegar a la pensión le pedí a la encargada que cerráramos la cuenta porque me iría de allí. Pagué lo que debía y me fui a guardar mis cosas. Luego me dieron ganas de pasear y de sentarme en un bar a leer. Me hubiera podido quedar en mi cuarto sin hacer nada. Había leído en un libro de Osho de los que me habían regalado que meditar era aprender a «nadear», pero mi ansiedad no me dejaba. Di unas vueltas, entré en una confitería, pedí un cortado, y abrí mi libro. El lugar era pequeño. Los únicos clientes éramos una señora de unos 70 años y yo. En cuanto leí la primera línea, el diálogo-monólogo comenzó.

–¡Qué bueno que te gusta leer! A mí también, aunque ya no lo puedo hacer porque la vista me falla. A mí desde chiquita se me da bien escribir. Es que yo vine al mundo dotada. Doy gracias cada día por las burbujitas que tengo dentro. La primera poesía que escribí en la escuela se la quedó la maestra, y dijo que la había escrito ella. Cuando le conté a mi mamá, me dijo que me olvidara de eso. Me largué a llorar pidiéndole que hiciera algo, ¡eso era un delito! Ahora ya eso se me olvidó, porque yo sigo teniendo mi talento, y la maestra esa ya debe estar muerta. Cuchá bien, y no te olvidés nunca: la maldad, como la bondad, salpican dentro... Hace poco le escribí un poema a la Negra, ¿Vos sabés quién es la Negra? ¿Pero cómo no? ¡Mercedes Sosa! Se lo tengo que mandar antes de que me muera, porque ella mirá, ella está enterita. Ahora sólo recuerdo como termina: «Negra, tus cantos hacen temblar la tierra y el corazón de los hombres». Lindo, ¿viste?... Un milagro de La Negra es lo que yo necesito. ¿Y de dónde sos que tenés ese cantito? ¡Ah! ¿De Venezuela? ¡Centroamérica! ¡Qué lindo! ¡El Mar Caribe! ¡Isla Margarita!... ¿Naciste en setiembre? Entonces sos virgo, ¡qué terrible! Mi nieta es virgo y en el colegio sólo juega lo que ella quiere. Yo le repito una y mil veces, «no sos vos la que decide, decide la mayoría» ¿Vos no cantás? Pero deberías, con esa voz... Voces como la tuya son contadas, son las que llaman bajo... Te voy a mostrar el rosario que me regaló un taxista. Mirá, tiene varios colores, como una bandera. Cuando me llevaba le dije que estaba lindo ese rosario colgado en el espejo, y el muy divino me respondió que era mío. No se lo quise aceptar, pero él insistió. Le dije que me prometiera que se compraría otro igual. Ahora siempre lo llevo conmigo... ¡Ay de Venezuela!... y ustedes hablan castellano, ¿no?... ¡Pero qué ojos tan lindos que tenés! Ahora me doy cuenta... ¡Qué brillo, son casi como los míos, mirá!

Se bajó los anteojos y abrió los párpados lo más posible para dejarme ver sus ojos azules.

–Y tus pestañas son hermosas, pero si te sigo diciendo cosas no vas a poder ni caminar de lo creído que te vas a poner, como Pluto, ¿conocés a Pluto?...

No aguanté más. Me tomé lo que me quedaba de café, pagué y me despedí, haciendo un esfuerzo por ser gentil.

Al pisar la calle, miré el cielo y pedí que yo nunca esté tan necesitado de hablar con alguien. Al dar unos pasos, sentí que la debí acompañar un rato más. Pero tenía que hacer. ¿Hacer qué? Buscar trabajo, amigos, pareja, conocer lugares, estudiar…, pero, seguramente, para hacer lo que tenía que hacer tendría que buscarles conversación a muchos. Me topé con un kiosco de revistas. Allí, en la tapa de una, estaba ella: La Negra. Esto tenía que ser una buena señal.

POCO EURO Y MUCHO PEO

Si la educación es la base del desarrollo, toca aprender, mucho y de todo. Cuando me la hacían, cuando me metían gato por liebre (me metían el perro dicen allí), cuando me veían la cara de boludo, jugaban conmigo y me daba cuenta una vez capturado… me proponía recapitular lo que había pasado: «Esta no te la pueden volver a hacer». Vivir alerta resulta más agotador, pero tiene sus ventajas. Decidí darle la bienvenida a los desaires que acompañaban a los buenos aires. Tenía que aprender a convivir con el orgullo porteño. Y como dicen que de broma en broma la verdad se asoma, Camilo, mi amigo cubano (nacido y criado en Miami) decía: «Acá dicen que son muy europeos, pero yo veo poco euro y mucho peo». Sin embargo, yo debía tener cuidado acerca de qué criticaba y dónde, porque varias veces me dijeron: «Si en tu país están mejor, ¿qué hacés acá?».

Con Camilo salíamos a pasear por los barrios lujosos de Buenos Aires (eran los que a él le gustaban). Nos topábamos con chicos de rostros provocativos, buen físico, nice look, pero muy pretenciosos.

Allí la histeria no es más femenina que masculina. Comentábamos los edificios, sus fachadas adornadas con angelitos, las cúpulas y los ventanales con grandes cortinas, los balcones decorados con estatuillas de duendecitos y plantas. En su blog Más respeto que soy tu madre, el argentino Hernán Casciari, se burlaba de su sociedad post recesión contando que, en el verano algunas familias se encerraban en sus casas por semanas para simular que estaban de viaje. Iba a charlas que resultaban un BLABLAZO. Mirenmemismo de la egogentina. Cada quien tenía su teoría que explicaba TODA la realidad. Una amiga a quien conocí en Buenos Aires, y que había regresado a Venezuela, me envió un correo en el que me hablaba del show de TV Almorzando con Mirtha Legrand:

«¿Cómo me había perdido algo tan folclórico como este show? ¿¡Cuántas horas pasé leyendo la poesía de Juan Gelman queriendo comprender la psique argentina cuando todo lo que tenía que hacer era comprarme un TV y sintonizar a Madame Mirtha!? La vi por cable, y fue tan revelador sobre la cultura porteña como lo es ir a un estadio de béisbol (para ver un juego de Caracas contra Magallanes) sobre la cultura de Venezuela. En esa emisión estaban las vedettes de una de las revistas de la Avenida Corrientes («El champagne las pone mimosas», un titulazo) chismeando sobre los futbolistas, modelos, políticos, la gente que va a los restaurantes de Puerto Madero… ¡Maravilloso, tragicómico! Esa mujer es una institución viviente».

Le respondí a mi amiga que en la Avenida Santa Fe había una publicidad inmensa de Madame Legrand y que el archivo de la imagen debía pesar unas toneladas de megabytes, de tanto retoque de Photoshop. De a poco iba cachando los comentarios y los significados de los tonos. El «Así no» (a lo Legrand), los ademanes de Moria Casán y Susana Jiménez.

Cuando en clase de la Facultad hablaron sobre el lanzamiento de Cristina a la Presidencia, como no conocía a Cristina Fernández, pensé que la cubana-miamera Cristina Saralegui quería presidir los EE.UU. Pero cuando conocí a Cristina K., me gustó enterarme que había escogido vivir en un país en el que una mujer tenía verdaderas posibilidades de llegar tan lejos, como también en donde una travesti como Florencia de la V fuera tan famosa. Cada vez comprendía más los matices sociales y las noticias. Me sentía más cómodo en la atmósfera manicomial repleta de carne de diván. ¿Tanto psicoanálisis sumará o restará en la salud mental?, ¿es causa o es efecto? Tierra fértil para el nacimiento de un padre gigante como Perón o de un mesías como Menem. Síntomas: parálisis colectiva por un juego de fútbol, estrés excesivo por la sensación térmica, fijación oral (adicción al mate, al pucho (cigarrillo), al alfajor), euforias impulsivas que conducen a que cientos de jóvenes pierdan sus vidas por encender antorchas en una fiesta, como pasó en el boliche Cromañón. El diagnóstico complejo de determinar, por estar atravesado de contradicciones como la desconexión con las raíces fusionada con un nacionalismo excesivo.

Cuando conocí Buenos Aires, me pareció la ciudad ideal para vivir. Después de vivirla (y ella a mí) unos meses me preguntaba si me seguía gustando tanto. La respuesta era «sí», aunque un «sí» temeroso, pero igual era un «sí», debido a cosas como: mayor respeto a las individualidades, que en ella me sentía más inspirado, me daba gusto toparme con gente que exploraba y explotaba su costado artístico.

Iban con sus instrumentos musicales a cuestas, de un lado para el otro, caminaban luckeados para promocionar sus obras de teatro o porque iban rumbo a una despedida de solteros. Me agradaba que por la calle si acaso los miraban, no se levantaban risas burlonas ni dedos señaladores ni insultillos, como ocurriría en Venezuela. Respetar al otro, como quiera que este sea, es lo que impulsa leyes justas como la del matrimonio igualitario, el consumo personal y privado de marihuana, el aborto... todas estas leyes son banderas de los países de avanzada. Muchos dicen que en Latinoamérica no tenemos la madurez para eso, pero tal vez es a la inversa. Convivir con esas realidades nos llevaría a madurar.

El único riesgo que no hay

Tenía que perseverar en mi búsqueda de trabajo. Procuraba dejar el sexo para las noches, aunque no siempre lo lograba. Recuerdo un día entero que pasé en un telo (motel) con un chico que conocí circuiteando por la Avenida Santa Fe (en Venezuela se le dice «circuitear» a «girar», o conocer gente en la calle para tener sexo). «Che, mucho cuidado que esa es zona de trolos»– me dijo un compañero de la universidad cuando se enteró que mi pensión quedaba en Avenida Santa Fe. –«Ya me di cuenta»– le respondí.

Cuando oscurecía, me vestía y salía a vivir mis noches santafecinas. En mis excursiones encontraba argumentos para dejarme ser; y, entre otras cosas, quería ser un voyeur. Me hipnotizaban los chicos que caminaban en «gaytud» rotativa, como portando el letrero de «Me vendo al mejor postor». «Soy experto dando placer». Enigmas andantes, cautivadores. Los veía en la vereda, inclinándose para mirar dentro de los autos que por ellos ralentizaban su marcha. En un pestañear se desvanecían en el suspenso de la noche, se esfumaban dejando sus esquinas atrás, como mutantes o «transformers» humanos/mercancía que se perdían en las encrucijadas de un laberinto.

Una noche un pibe de mirada electrizante me lanzó su anzuelo y me atrapó. Escalofríos, combustión. «Mejor sigo de largo». A los pocos pasos giré hacia él y me le acerqué, pero antes de hablarle me entró el nervio y metí en el café de la esquina. En un espejo ubicado al fondo vi que el lugar se llamaba «El Olmo». Ese nombre me sonaba porque lo había leído en la lista de los lugares de encuentro de mi guía gay. El reloj marcaba casi la medianoche. En la pantalla el fútbol captaba la atención de los clientes. IND: 2 HUR: 0. Segundo tiempo, minuto 40. Menos mal que ya se acaba. Soy de la creencia que los gritos de los narradores no hacen bien a las neuronas. Pedí un café en jarrito. A las doce terminó el partido y, al igual que los hechizos que pierden su efecto a la medianoche, se desvaneció el ambiente familiar-deportivo. Se retiró la fauna fanática del balón pie y el café se pobló de otra fauna con otro tipo de fanatismo. Cambio de actores, misma ambientación detenida en el tiempo: plantas artificiales, cortinas viejas, columnas redondas color crema, luces violetas.

Por la ventana vi que el chico apareció. Me vio y se recostó en la baranda del subte. Me miraba y sonreía. Con su mano hizo un gesto de apuntarme con una pistolita. Disparó. Yo hice como si me hubiera pegado el tiro, torcí el cuello y saqué la lengua. Rio. Sentí vergüenza, miré alrededor, no quería que nadie nos viera. El mozo me trajo el café con dos galletitas y un vasito de agua. ¿Todo eso? En Venezuela te dan el café y va que chuta. Mi curiosidad saltaba. Quería hablar con ese pistolero de piercing en la ceja y cabellos parados con gel. Él volteaba de un lado al otro queriendo hallar de una vez por todas su destino de la noche. Detallé a los que me rodeaban. Una pareja de chicos hacía una práctica de fotografía. Uno le tomaba fotos al otro y luego anotaba en su cuaderno. Una mujer con cara de mala, le dijo a su acompañante que en el baño la tipa de la limpieza estaba pendiente de si ella se iba a drogar. Subió la voz y gesticulando en exceso dijo: «Cuando la vi me puse frente al espejo e hice como si aspiraba una buena rasha de merca… ¡ufff, qué bueno!». La mujer rio mostrando sus dientes carcomidos. Orgullosa de su proeza.

Un chico dibujaba sobre una servilleta. Pensé: «Para eso es que sirven estos papelitos, porque para secar no son, demasiado delgaditos». Cerca del dibujante, había una pareja de hombres. Uno de ellos parecía que no llegaba a los veinte años (guapo pero un poco andrajoso), el otro lucía mayor de sesenta (barbudo, ojeroso y panzón). Imaginé lo que pensaban. El tipo, por el movimiento de su boca, tenía en su mente gemidos, un slip blanco ceñido a la piel tensada, sudada, bronceada, dos líneas de vellos castaños que conducían al deleite, una por delante y la otra por detrás. Estirones, palmadas, chupones, lamidas y mordiscos en las tetillas y una súplica: «Haceme bien el orto, por favor». El chico, por el movimiento de sus ojos, detectaba lo que quería escuchar este cliente: ¿su versión de niño tierno o de enfant terrible? Por cualquiera de las dos no cobraría menos de 80 pesos.

Miré de nuevo hacia la calle. Vi a un hombre de unos setenta años, bien trajeado, estaba de cacería. No era nada agraciado, pero, al parecer, lo que no se le concedió en aspecto se le otorgó en dinero. Su traje no bajaba de unos cuantos cientos de pesos. Recordé la noticia publicada en los diarios hacía unas semanas del caso del «taxi boy» que asesinó a tres magnates. Probablemente parte de lo que este señor le pagaría a un muchacho para que lo complaciera iría a parar en el bolsillo de un policía, tal vez el mismo que haría la averiguación si algo le sucediera.

Detrás de la ventana seguía mi pistolero. Me miraba y yo detallaba lo ajustados que le quedaban su remera, sus jeans y sus zapatillas. Me preguntó con gestos si podía pasar. Nervioso, asentí con la cabeza. Entró sonriendo. «¿Una cerveza?». Se llamaba Andrés. Se me ocurrió hacerle una entrevista, a lo periodista.

–¿Desde hace cuánto trabajo como taxi boy? –No sé, el tiempo pasa volando. Ahora tengo 21, creo que comencé hace tres años… Sé que era menor de edad. Nunca tuve problemas porque lo hacía escondido... ¿Qué querés que te cuente? ¿Sos estudiante de periodismo? El otro día también vino un reportero a preguntarme cosas. Le cobré cincuenta mangos, pero como me dijiste que sos estudiante, y me pusiste esa carita, a vos sólo te pediré diez, pero un ratito no más eh, mirá que tengo que laburar, la noche pasa volando... Sí, por todo cobramos. Así es la vida, ¿no? Pero quién sabe lo que escuchaste ya, depende de lo que te hayan contado lo que yo te diga te puede parecer una pavada… En esto pasa de todo… ¿Cosas raras? Dejame acordarme… Una vez un tipo me ató, me pidió que me pusiera boca abajo y me dio un latigazo por la espalda que no sabés. Yo aguanté, pero me sacó lágrimas. Cuando me soltó, me quise vengar. «Ahora te ato yo y te doy a vos», pero al verme la cara de rabia, corrió y se encerró en el baño. Le dije que no me iría hasta que me pagara y que si no lo hacía ya le tiraba la puerta. En eso, dos billetes de cien mangos aparecieron por la ranura... No, no, esa no fue la vez que me pagaron más. Otro día me dieron trescientos pesos por meterme un consolador enorme. El orto me quedó roto por dos semanas. ¿Cómo aguanté? A punta de merca, aunque también hace falta tener una buena concentración... ¿Cuando no se me para? Bueh, tenés que concentrarte en la cajita mágica… La tele con una porno… Cuando no hay pantalla, tenés que usar tu imaginación, pero hay que relajarse porque si te estresás, te bloqueás… Sí, claro que quiero trabajar de otra cosa... ¿Qué sé yo?, de lo que sea, tengo que ganar plata para mantener a mi mujer y a mis hijos... tengo dos hijos… Sí, claro que ella sabe. Está acostumbrada y hay que llevar la comida a la casa, no queda otra… ¿Esta marca? Es de una pelea… Sí, sí hay muchos riesgos, la policía te cobra, otros taxis te roban los clientes, los locos que pasan en autos y te lanzan botellas… ¿Enamorarse?, no me hagás reír, ese es el único riesgo que no hay. ¿Mirá, vamos a hacer algo?... No te hagás el boludo, ¿acaso no querés que te tire la goma?– … Te cobro tarifa estudiantil.

LUZ, CÁMARA Y ACCIÓN

La promiscuidad de Kevin era contagiosa. Cuando caía la noche, me poseía el espíritu de la concupiscencia que pedía ser exorcizado. El deseo vencía la duda. Me alistaba y salía a mi encuentro con el sexo express.

Esa tarde cuando me preparaba algo de comer, Kevin se me acercó con cara de pícaro y me dijo que vendrían dos policías a visitarlo. ¡Dios, este es el único criminal que se alegra cuando viene la policía! Me preguntó si yo iba a salir, porque los policías no querían ser vistos. Qué más podía hacer, la ley estaba a su favor. Tenía que despejares el terreno a sus custodios, y conformarme con imaginar los rolos de madera seguidos por lo de carne. Le dije que iría a Zoom (el cuarto oscuro abierto las 24 horas que quedaba cerca de casa).

Diez pesos menos en mi presupuesto (sexo por diez pesos, no me parecía caro). Recorrido por caminos tenebrosos. Pasillos, paredes negras, puertas, pantallas, casi nada de luz. Oscuridad para hacer lo que sin ella no se haría. Invitación a explorar el lado bizarro que todos tenemos. Música y sonidos traspasadores de piel y huesos: tuqui,

tuqui, una cantante pegando gritos y gemidos. Entendía todo y a la vez no entendía nada. Como en el Hotel California «This could be heaven or this could be hell».

Primer sondeo de quién sabe cuántos por esa mueca de laberinto lúgubre en el que podía pescar un romance, una enfermedad, un pececito y de vez en cuando me parecía haber visto a un lindo gatito. Sombras ambulantes en secuencia. Solitarios trastocados que hacían notar su hambre de culo y de pija. Tropa perdida de perdidos en un subsuelo en donde no entraban los aires. Vueltas fantasmales. Miedo. Caminata por la cuerda floja.

Me extravié, me perdí. En mi cabeza entró la duda. Ya ni sabía si quería tener sexo o no. Vacío. Instintos ansiosos. Intuición de pecado. Sombras ociosas. Mareo. Veía claramente la opacidad. Entré a una cabina. Un metro cuadrado. Jaula negra para fieras, ventanitas de vidrio y puertitas de madera para poder ver también lo que ocurría a los lados. Peceras para peces que hacen desguaces y se comen el uno al otro. Olores tenues, a veces más penetrantes: a semen, mierda, pescado, papel usado, aroma a encerrona. En los cubículos, a la altura del pene cuando se está de pie, se perfilaba un orificio (el glory hole). En una esquina un basurero con condones y papel usados. A la altura del rostro una pantalla con un video porno entre negros y asiáticos. Un banco. Me senté y asomé a través del hoyuelo. Quería un zoom anatómico… «Un loop protagónico». Recordé a Cerati por cuánto ocurre en la que bien le calza el mote de «La ciudad de la furia».

Hoyos para acercarte a la gloria (dar y recibir petes) con una pared que te separa del otro. Estocadas. Si quieren más, se mirarán por ese hueco, se harán una seña, uno destrabará la puerta y esperará, el otro se subirá la cremallera, saldrá, entrará y se la bajará de nuevo para hacer un macro porno intenso. Consumar una relación con el humano cosificado, convertido en máquina succionadora. Me asomé a la otra cabina: uno le lamía los pies a otro. Lo que seduce nunca suele estar donde se piensa.

Me interné en otro cubículo, de pronto una mano buscona traspasó el hueco de forma rápida, como si fuera una culebra. No permití que me tocara. Me fui a otro cuchitril. En el agujero de la derecha había un suéter apretujado (para tener privacidad aquí, hay que arrugar la ropa). Al asomarme por el otro hueco me saltaron los ojitos: dos cuerpos se aprisionaban, reacomodaban, gemían. Golpes de rodillas al tocar el suelo, garrotazos a las paredes. No acercaban sus caras, algunos aplican la de Pretty Woman (nada de besos). Perro y perra en celo. Al cambiar de posición se humanizaron un poco. Gemelos en una placenta, uno atravesando al otro. El que recibía las envestidas de esa gruesa barra de carne erecta, que alternaba entre un ritmo acelerado y una leve danza, susurraba: «Dame, dame más, lléname todo». Al terminar, cuando el vacío vuelva, y el hambre caníbal se apodere de nuevo de la voluntad, la ley del deseo hará que busque a otro para relamerle y suplicarle. Mañana un desconocido encontrará conmigo lo que tú buscaste en mí.

Un alarido me extrajo de mis pensamientos. El que estaba metiendo y sacando, con una voz quebrantada balbuceó: «Me-ve-enn-go-ah-ahh». Brotes. Como si el orgasmo del de atrás lo hubiera traspasado. Sonrisa de satisfacción. Fin de la hemorragia de lujuria, del temblor. Declarado el triunfo de la carne. Condón afuera, agachada, papel, restregada, tacho, ropa arriba. Un poco de cortesía.

–¿Todo bien? –Seee. – Che, nos vemos. –Dale.

En cuanto el primero salió del cubículo, el otro se miró al espejo, esbozó una mueca de sonrisa, luego, se fijó un instante en el hueco donde sabía que alguien lo veía, repitió su risa un tanto falsa seguida de un gruñido arrugando sus labios. Ese mohín no me lo esperaba. Cara de éxito y de derrota al mismo tiempo. Ritual de despedida, misión cumplida. Vivido el escalofrío, el hormigueo nervioso de segundos, sentido el fuego de artificio… Una vez que para el temblequeo, se regresa a la tierra y vienen las ganas de separarse. Aunque si el otro tiene un buen miembro, es guapo, no apesta, sabe moverse y si no hay apuro por lo que sea… quizá se mencionen los nombres, se intercambien teléfonos, para, posiblemente, no llamarse. Con tal, el *next* está a la vuelta de la esquina.

Insistente me asomé a otra cabina. Un chico inhalaba un frasquito mientras el otro lo penetraba sin forro. Suplicaba: «Abrime bien, dale hijo de puta, partime en dos» e inhalaba un poco más, dos veces en cada narina. Recordé cuando probé poppers por primera vez: sentí la piel como plastilina y mi corazón latió muy acelerado, como si me hubiera rozado un auto a toda velocidad mientras cruzaba la calle. Seguí viendo la porno en vivo que tenía al frente y me visitó mi «gayanoia» por las enfermedades. Tal vez ese chico que recibía esa estimulación prostática también estaba siendo penetrado por un virus. A los meses lo descubriría, pero eso ahora no importaba, ahora el placer enfurecido era lo único que contaba.

Encendí un cigarrillo. La prohibición de fumar en lugares públicos cerrados allí no tenía cabida. Frente a mí, otro tipo también fumaba, parecía desesperado. En eso, apareció un hombre negro, la «gente de color» no es muy común en Buenos Aires. El azabache tuvo éxito inmediato. Varios comenzaron a seguirlo, adictos al chocolate mítico de África, ansiosos de comprobar la fama de los hombres de ébano.

Escuché un portazo, a uno le tiraron la puerta en la cara. Otro me rozó, así me invitaba. A ese lo había visto como cuatro veces metiéndose en cuartitos, con uno diferente cada vez. En un giro me topé con una orgía improvisada de un grupo tumultuoso que hacía contacto sin mucho tacto. En la parte más oscura gozaban del morbo de estar probándose, aunque ni se conocían ni luego se reconocerían. Perdidos en el humo, lambiscando migajas. Recordé que me había prometido crear distancia entre mi casa y este antro, pero allí estaba nuevamente. El diálogo conmigo mismo pasó a ser reprochador y ansioso. Si me iba, ¿qué haría? Quédate un poco más. No seas cobarde. Pero ya es tarde. Sólo un poco. Esta noche pinta a fracaso estruendoso. Ojalá te perdieras en estos túneles. Ya estás perdido. Se te perdió la llave para salir…. Como en el Hotel California. «You can check out any time you like, but you can never leave».

Al fondo estaba el único tipo que me gustaba, pero no me miraba. Si todos estamos buscando lo mismo, ¿no sería más fácil hacer filas, encontrarnos e irnos diciendo: «Quiero con vos, ¿vos querés?» Pero no. Faltaría el juego: Te veo, te pierdes, te haces invisible, te persigo, ¿eres tú? Te toco, te dejas, me agarras, te acercas, te beso, te agarro, ¿vamos a una cabina?, ¿no?, ¿acá? Unas manos me frotaron, ni idea de quién eran.

–Saltó la liebre. ¡Regresa a tierra que te está mirando! Por aquí ya estuve. Te largas a reír. Ataca que viene el fin del secreto… labios de plata. Te largas a reír. Luz, cámara y acción.

UN PUTO ESCRITOR

Las veredas de Buenos Aires estaban minadas de mierda de perro y yo me la pasaba con los zapatos llenos de aquello. «Coño'e la madre». Pero comencé a ir más pendiente. Aprendía a calmarme cuando surgían mis angustias. Me iba a dormir repensando las lecciones del día. Al caminar observaba detalles nuevos. Me ubicaba mejor, no tenía que desandar tantos pasos por ir en dirección contraria. Me esforzaba para no conversar como la «cantante calva». Por escuchar los silencios. Me sorprendí al recordar datos que daba por olvidados: un poema, un número de teléfono. Quería entender y sumergirme en la sociedad de la que estaba chupando día a día. Para ello leía a los autores argentinos, y experimentaba la escritura terapéutica. Reconocía que no bastaba una sola sesión, había que volver una y otra vez. Garabateé sueños. Me acostaba en posición fetal para preguntarme qué quería hacer con mi vida. Garuaban ideas soñadoras seguidas por el apremiante: ¿con eso podrás mantenerte? En Permiso para vivir, Bryce Echenique contaba que lloró de emoción cuando al fin pudo dedicarse a lo que quería: «ser escritor y punto», y yo quería ser escritor y puto. Mi plan era definir un buen plan, y disfrutar el recorrido. No quería emplear mi vida en ir y venir de mi casa a un trabajo que no me gustaba. Un abogado me dijo una vez que su única satisfacción era ir a clases de teatro los viernes. «¿Y por qué no te dedicas a la actuación?», le pregunté. Se rio con cara de vergüenza.

Tina me parecía un personaje para protagonizar una historia. Ella ya estaba casi lista para su partida. Nos veíamos casi todos los días, aunque lo de alquilarme su lugar no fue posible porque sus padres no quisieron. Nuestra relación me daba ánimo, me hacía sentirme útil. «Gracias por llamar. Necesitaba un impulso para despegarme de la cama», me dijo una vez que la llamé a las tres de la tarde. Por momentos yo quería convencerme de entrar en un romance con ella, algo que de cierta manera ya teníamos, a pesar de la ausencia de besos y de sexo. Pero, la mayor parte del tiempo, sus arranques me mantenían en advertencia.

Ella estaba nerviosa por su partida. Me hacía recordar lo que había vivido yo hacía semanas en Caracas, cuando tuve turbulencias de miedo y tristeza y me sentí tan poseído por la angustia que hasta la vista se me nubló. La decisión de irme de casa de mis padres y de mi país fue el devenir de mi urgencia de cambio. Me angustiaba verme reflejado en el espejo de mi hermano, quien con 30 años seguía incrustado en casa. Él a veces me decía «mariquita» y tendría razón si seguían pasando los años y no salía de mi cascarón. Recordaba una película francesa en la que la madre le hacía malas pasadas a su hijo (le decoró la habitación como la de un bebé, le encogió la ropa y hasta le puso clavos en el suelo), para que se fuera de la casa porque ya era mayor de edad.

Dar el paso resultó caótico, con auto-atentados terroristas. Dos meses antes de mi vuelo, me salió un quiste en el dedo anular de la mano derecha (soy derecho) y para extraerlo tuvieron que operarme. Una semana antes de la cirugía me caí jugando básquet y me esguincé el tobillo. Quedé postrado en mi casa con una pierna enyesada y una mano vendada, atado de pies y manos literalmente. No podía ni bañarme solo. Sentí lástima de mí mismo. Había calentado tanto el motor para arrancar, que se me había recalentado. Arrastrado por el miedo al abismo, con malestares tipo películas en cine de función continua.

Cuando me quitaron el yeso, hice cojeando y ansioso todo lo que me faltaba para partir. En mi país era una odisea hacer cualquier trámite de papeles. Sólo un venezolano o alguien que haya vivido allí puede entenderlo, porque a la burocracia se suman las huelgas y algo peor: las trácalas o coimas. Cuando vendí el auto, pensé que el cheque que me habían dado era falso. Esos días hasta perdí mi celular, extravié el pasaje de avión y ya ni recuerdo qué más. Yo mismo había contratado al ladrón de mi paz.

El comodín acomodado que había sido hasta ese momento debía morir para que naciera otro que desconocía. No imaginé que me iba a costar tanto despedirme de mi auto, mis tarjetas de crédito (por el control cambiario eran inútiles en el exterior), mis amigos, mi colegio y universidad privados. Mis padres nos cuidaron tanto que contribuyeron a que siguiéramos gateando en tiempos de caminar. Una semana antes de mi partida, mi mamá preocupada por cómo iba a lavar mi ropa, me dijo: «Agus, me contaste que muchos amigos tuyos viajan a Buenos Aires, ¿qué te parece si me mandas tu ropa sucia con ellos, y el siguiente que viaje te la lleva limpia?». El día de mi partida, en el aeropuerto, procuré mantener el pensamiento de que me embarcaba en una prueba superable. Esa convicción me duró poco. Antes de subirme al avión me dije: «Deja el estrés, es un viaje más, como si te fueras de vacaciones».

Al llegar a Buenos Aires, sentía que había hecho lo correcto, aunque también me percaté de que las cosas no serían fáciles. Los primeros días me quedé en casa de Celeste, en Parque Chas, que hasta los taxistas le huyen por temor a extraviarse. Ella me introdujo en el mundo de La Guía T (un librito que era como la biblia para orientarse en Buenos Aires, el actual Google Maps pero impreso), pero como no tenía la costumbre de andar con eso para arriba y para abajo, muchas veces se me quedaba en casa o la perdía en la calle. Me subía a los colectivos sin monedas pensando que tenía y cuando revisaba mis bolsillos no me alcanzaban para el pasaje, pedía caramelos en los kioscos de revistas y el vendedor me respondía: «¿Vos ves comida acá?». Escuchaba cuentos de otros venezolanos y colombianos que no me alentaban por las penurias que habían pasado. Muchos eran universitarios, pero trabajaban de telemarketers, porque había «demasiada competencia en todas las áreas».

En Caracas, yo escribía para algunas revistas y periódicos, pero en Argentina había miles de escritores ofreciendo colaboraciones gratuitas sólo para publicar y hacer currículum. De las empresas donde había trabajado, que en mi país eran reconocidas, en Buenos Aires no tenían ni idea de ellas. En Venezuela, me surgían trabajos por referencias, pero en Argentina no tenía familia, ni compañeros de colegio, de universidad, ni vecinos que me hubieran visto crecer, ni ex compañeros de trabajo, ni de cursos, ni exclientes, ni exjefes... Me esforzaba por convencerme de que no estaba empezando de cero. Tenía mi experiencia, si dejaba de creer en ella pasaría a arrancar de menos tantos.

Argentina era sin duda un país más aventajado que Venezuela en lo cultural. Cuando visité Buenos Aires, por primera vez, me impresionó la cantidad de teatros y librerías, abiertas incluso en la noche. Tantos carteles que promocionaban escuelas e institutos de enseñanza de todo lo que se te ocurra. Me fascinó la cantidad de gente leyendo en el subte y en las plazas. Una noche vi a uno que pisó mierda por estar leyendo mientras caminaba. Quedé prendado por los eventos culturales: poesía en las plazas, ensayos de obras y grupos de música en los parques, por todo eso se me instaló el «quisiera vivir aquí».

En cambio, en mi país lo que imperaba era la bebedera y el bochinche. La ley del «chivo que más mea». A mí se me veía como un freak porque prefería despertarme temprano los domingos para ir a un cine foro a salir el sábado de fiesta. Entre otras, incluyendo sobre todo mi sexualidad, había tomado la decisión de migrar, y así, tal vez, dejar de sentirme un sapo de otro pozo en mi propio pozo, para ser un sapo de otro pozo en un pozo que me gustaba más, aunque no fuese el mío.

LAS LOMAS DEL ORTO

Mi amiga Mónica había decidido reconocerse como lesbiana. Desde que nos conocimos siendo par de adolescentes en el colegio supimos que teníamos mucho en común por ser vecinos y aspirantes a bohemios. Ella quería estudiar arte, pintaba, le encantaba leer y antes de yo partir de Venezuela, en donde la dejé, me había convencido que existía la bisexualidad. Su promedio de ex parejas era casi uniforme entre hombres y mujeres, y nunca sabía qué sexo vendría luego. ¿Será hembra? ¿Será macho? Un día le pregunté: Cuando te masturbas, ¿piensas en hombres o en mujeres? –En ambos– me respondió la bandida. Me puse romántico, por aquello de que las respuestas están en el corazón:

–¿Ahora te quisieras enamorar de un hombre o de una mujer?

–Depende de qué mujer o de qué hombre estemos hablando– astuta la niña.

Hacía unos meses, Mónica había ido a un café en Caracas con unas amigas, y así, sin más ni menos, se enamoró de una gringa a primera vista. Los días siguientes subieron a la montaña, dieron paseos, viviendo un romance de «mujer a favor de mujer». En su idilio, Mónica decidió despedirse de su familia y renunciar a su trabajo para irse a perseguir su sueño americano con Jeanne, quien pertenecía a una iglesia evangélica de lesbianas, bisexuales, homosexuales, transexuales, cibersexuales, y todos los otros sexuales, excluyendo, por supuesto, a la minoría heterosexual. Ella pasó a ser un personaje recurrente en nuestros cuentos nuevos («Cns»), y justo se irían a la ciudad de la CNN. Mónica se iba «raptada» a Atlanta. Así me escribió cuando estaba a punto de partir:

¡Así es mi bello! Me voy el mes que viene, pero no tengo el afán de planificar demasiado. Por primera vez me siento en pareja. Con Jeanne no estoy ni en ventaja ni en desventaja. Es maravilloso sentir que amas tanto como eres amada. No se trataba de medidas, o medias tintas, sino de equilibrio. ¿Que cómo me siento? Tranquila, querida, ilusionada, ¡amada! Siempre que brindamos con vino argentino te incluyo en nuestros «salud por». ¿Te acuerdas cuando nos emborrachamos y brindábamos diciendo: «salud por esa vaina»?

La semana pasada vimos *Volver*. Almodóvar es un genio, y Penélope me mató. El cine es maravilloso, sobre todo, si lo compartes con la persona que amas. En esta despedida me han hecho muchas demostraciones de amor, buena vibra por todos lados... pero ¿sabes?, de todas las personas, tú eres mi favorito, es a ti a quien siempre quiero contar mis reflexiones, mis conclusiones, lo que yace en mí.

Te deseo lo mejor. Sé que tú haces lo mismo.

Tu Moni.

PAREN EL MUNDO QUE ME QUIERO BAJAR

Seguí la búsqueda cansado de tanta voltereta. Hasta que vi por Internet este aviso: «Pareja gay busca compañero para compartir departamento en Almagro...». Fui. Los chicos eran simpáticos. Martín y Fernando, ambos de 26 años. Me gustaba su barrio porque tenía buen movimiento (ni mucho ni poco), tradicional y bohemio a la vez.

El departamento estaba en la planta baja, como el de Kevin. La habitación era grande y tenía un placard, de pared a pared. El patio, con plantas bien cuidadas, se conectaba con la habitación que alquilaban. Abrir una puerta y dar con un lugar semi-abierto con plantas daba la sensación de estar en un chalet. Pero (¡qué vaina siempre los peros!), la decoración de la casa parecía de Halloween. Los sofás eran de plástico color naranja con cojines negros. En la mesa de la sala había un arbolito seco, acompañado por el Jack, de Tim Burton. En las mesas, colecciones de muñecos de películas de Disney y Pixar: Toy Story, Monters Inc. Por los portarretratos de bambú trepaban muñequitos (sólo faltaba la casa de Barbie que imaginé tendrían en el cuarto). Parecía un experimento acerca de cómo se sentía vivir rodeado de lo kitsch mediático de los últimos años en un lugar de pocos metros cuadrados. Para completar: tres lámparas chinas de bolas rojas gigantes colgaban en el salón, donde relucía un cuadro con caracteres orientales. Les pregunté qué decía allí, me dijeron que lo habían mandado a hacer. Eran sus nombres: «Fernando y Martín».

–¿Por qué les gusta la cultura china?

–De la cultura china, así como tal, no sabemos mucho– me aclaró Martín.

Y a pesar de que en el que sería mi cuarto había un cuadro con un muñequito que gritaba «¡¡¡Paren el mundo que me quiero bajar!!!»), les dije que me mudaría con ellos, y así lo hice la semana siguiente.

El Gran Hermano en vivo

Fernando y Martín trabajaban como tele-operadores, uno vendía cursos de inglés on-line y, el otro, publicidad en las páginas amarillas. Me los imaginaba pegados a sus teléfonos y ordenadores, durante casi todo el día, encerrados en mini-cubículos (los suyos con personajitos de ficción), formando parte de cadenas de pasillos, por donde caminaba el supervisor una y otra vez, con un teléfono pegado a su oreja («el látigo»).

Me contaban que el trabajo no estaba mal porque habían aprendido a boludear, sin que se dieran cuenta los jefes. Chateaban el uno con el otro y se ponían de acuerdo para salir a fumar en el mismo momento. Trabajaban en sitios distintos, pero compartían cigarrillos en la distancia pasándose mensajitos de texto.

Al llegar a casa, encendían la televisión y no la apagaban hasta que se iban a dormir. Hablaban y cocinaban en los comerciales, que también veían y comentaban. Eran fanáticos del Gran Hermano. Me hacían recordar el vaticinio de Orwell sobre la hipnosis colectiva:

«Estarás hueco. Te rellenaremos de nosotros». Saltaban de un canal a otro, y yo imaginaba a los millones de personas que hacían lo mismo en ese momento. Mis caseros anotaban en una pizarra los programas que querían ver. Sabían los detalles íntimos de la vida de los artistas. Una noche les pregunté quién era Sofovich (hablaron de él mientras cenaban como si fuera su tío) y me miraron como si no viviera en esta tierra: «¡¿Nunca viste Bailando por un Sueño?!!!».

Cuando se cansaban de ver televisión, conectaban el Nintendo y jugaban las versiones modernas de Mario Bros. Los fines de semana disfrutaban el placer de comprar ropa o un chiche tecnológico (una camarita, auriculares…). Lo «viejo» lo vendían por Internet. Un día me contaron que tenían una ilusión como pareja: tener un pantalla plana gigante.

La convivencia entre nosotros no era ni buena ni mala. Al yo no ser tan consumista, ni ver televisión, les resultaba un tipo raro. Les parecía aburridísimo y triste encerrarse a leer y escribir, ir al cine o pasear solo. El día de la entrevista, cuando los conocí, a ellos y su lugar, les dije que yo procuraba no molestar para que no me molestasen. Les pareció bien, pero otra cosa fue cumplirlo. Aunque simulaban no inmiscuirse en mi vida, me preguntaban si comería allí en la noche, si iba a salir en la tarde... Les contestaba que era posible, pero no seguro. Cuando cocinaba, se acercaban a ver qué preparaba. Se fijaban en cómo me vestía. «¿Dónde te compraste ese pantalón?». «¿Dónde conociste a ese alemán con el que vas a salir?».

Un día soñé que al despertarme los dos estaban de pie mirándome, como si se tratara de un Gran Hermano en vivo.

La casa tenía que permanecer como una tacita de oro. La cocina intacta, con sus platos con dibujos en perfecto orden. El baño con olor a producto de limpieza. Tanta rigidez me atormentaba, además, me resultaban pesados los ruidos de las mascotas: tenían un hámster y a la ratita le gustaba correr los mil metros, no planos, sino en rueda, todas las noches. Rrrrrrr. Las vidas de Martín y Fernando se parecían a las de su mascota, atrapados en una caja de cristal. Pero creo que mi mayor rechazo hacia ellos se debía a que me sentía preso también, preso de cierta envidia, porque Martín y Fernando tenían dos cosas que yo anhelaba: una pareja y un hogar.

XV Marcha del Orgullo

«Después del festejo es cuando todos tendremos que hacernos cargo.

A ver si dejamos la movida de vivir como se nos dé la gana en el recuerdo de una noche, o si seguimos marchando».

Naty Menstrual

Esa tarde me fui a la marcha del orgullo gay. Estaba resfriado, pero tenía que ir. Jamás había estado en una. Anduve por la Avenida de Mayo hasta que me la topé. Miles de hombres, mujeres, hombres que parecían mujeres y mujeres que parecían hombres, y tanto más: disfraces, banderas, pancartas, camiones, globos, travestis con los pechos al aire, demostrando que su transformación era a prueba de primeros planos.

Hombres besando a hombres y mujeres besando a mujeres. ¿Alguien me querrá dar un beso a mí? Miré con más cuidado. Un tipo con cara de drogado iba en la parte de atrás de un camión. Mostraba sus pectorales abultados. Tatuajes de dragones en sus brazos. Se bajó el pantalón para exhibir lo que le colgaba entre las piernas. Quise hacerle una foto. En eso, uno de los organizadores de la marcha le pidió que se cubriera. Él le dijo que eso era una marcha gay. Le respondieron que ser gay no era ser exhibicionista. El tipo giró la cabeza y besó a una travesti. Ella no perdió oportunidad para manosearlo. Desde abajo, vi sus lenguas punzándose y sus bultos en ascenso.

Seguí caminando. Muchos tomaban fotos como yo. Abundaba el humo, el ruido, el deseo de llamar la atención. La actitud de: «no sabés lo que soy capaz de hacer para que me veas. Tomame una foto boludo. Bailo guarro, bailo refinado, hago lo que sea, de todo, ¿entendés?». Algunos tenían la piel con cortes autoinfligidos ya cicatrizados (incisiones, incrustaciones). Nuevas formas de marcarse. «Soy mucho más fuerte que eso».

Me pregunté si esa marcha era necesaria. ¿Yo me había sentido discriminado? Claro que sí, pero sobre todo por mí mismo. Yo había sido mi propio verdugo homófobo. Cruel represor por saberme distinto. Cuánto luché para que no se notara lo que salía de mis poros.

Pero, el clamor de esa marcha ¿no tenía más de desenfreno que de compromiso? Me molestó un poco tanto desparpajo. «Con razón nos miran mal»; sin embargo, de a poco, me fui contagiando. No me pareció errado mofarse de la no aceptación. Era como gritarles a la cara: «¿Piensan que somos unos maricones desvergonzados? Pues... ¡Tienen razón!» «Acaso ustedes que piensan así han sentido alguna vergüenza al insultarnos?» Tal vez el arcoíris surgió a raíz de la lluvia de críticas recibidas creando la unión de franjas de colores que cantan que en la variedad está el gusto.

Leía los carteles: «No a los códigos». «A treinta años del golpe, el Estado nos sigue reprimiendo». Una mujer que nació hombre me saludó. Iba vestida de Carmen Miranda. Con su piel canela, combinaba su tocado de frutas tropicales con su vestido escotado amarillo chillón y verde perico. Por su falda se asomaban sus piernonas. Fumaba con finura, como si fuera una virgen inmaculada.

Le tomé una foto nerviosamente y luego apuré el paso rumbo al Congreso, el destino final de la marcha. La foto me salió movida. Debí tomarla más despacio. Pensé en regresar, pero, Carmen Miranda ya no estaba. Continué registrando. Bailes enmascarados y empelucados. Quise escribir algunas cosas para no olvidarlas. Pensé en meterme en un locutorio, pero más valía seguir en el «locatorio», rodeado de los camiones contratados por las discotecas, las revistas, guías y organizaciones de la comunidad. Strippers con gafas de sol, aunque era ya de noche, y llevando pantalones elásticos para hacer notar sus trozos de carne. Musculosos lampiños. Raquíticos peludos. Panzones rapados. Tetotas siliconadas. Nalgazas implantadas. Aceite. Activistas de la mano con "pasivistas". Pancartas: «Putos peronistas. La Matanza presente». «Ministerios Cristianos Inclusivos». Me pasaron unos que iban bailando con los trajes de los Superamigos. Aquamán posó para mí. Un@ gord@ con peluca naranja y rizada, vestid@ de payas@ portaba un letrero en su espalda: «Pasen a ver el circo». Una demonia me pinchó una nalga con su tridente de acero.

Niños con sus padres, niños solos, gente mayor paseando a sus perros viendo con asombro. Señoras mayores que demostraban con su sonrisa que estaba todo bien. Un pordiosero mendigando gritando que él también era trolo y que necesitaba dinero para ir al boliche.

Gente que reprobaba arrugando la cara y negando con la cabeza: «Cómo es posible que corten las calles para hacer este acto impúdico».

Me regodeé con el espíritu de la marcha. Me quise subir en uno de los camiones. Lo hice y respiré hondo para absorber la vibra. Tantos ritmos musicales me tenían la mente revuelta, uno tras otro, uno encima de otro. Decidí quedarme con un grupo. Ya faltaba poco para llegar al Congreso donde se armaría un fiestón al aire libre. Si colocan carpas para protestar por cualquier cosa, ¿por qué no para hacer una fiesta gay? Quise sentirme parte, ser uno más, dejar de ser el intruso curioso.

Una música hizo que saltara el negro que llevo dentro. Así supe adónde arrimarme: la caravana carioca. Las camisetas de los músicos decían «TUMBA LA TÁ» y tenían unas máscaras como las que usan los indígenas en sus rituales místicos. Unifiqué mi paso con el de ellos. Bailaban, yo no me atreví. Un movimiento de cámara que vino con sorpresa: un tamborilero blanco, cabello castaño, peinado a la moda, camiseta a mi justa medida, ceñida pero no tanto. Me gustaba verlo entregado a la música, cerraba los ojos, sudaba, no paraba de darle palmazos al cuero tenso del barrilote que colgaba de sus hombros. Sus músculos eran aún más provocativos por estar en pleno movimiento, la silueta de su slip sobresalía de su pantalón elástico. Clic.

Sentí un tropiezo. Pedí disculpas, tal vez dije «disculpame», a lo argentino, como a veces me salía entre con y sin intención (no fueran a pensar que los «latinoamericanos» no sabemos caminar). Giré para ver quién me había tropezado. Cuando lo vi se callaron los tambores y toda la marcha. Tez clara, unos 24 años, ojos color miel, delgado, alto, cabello corto castaño, hoyuelos en sus mejillas... Confirmaciones: me gusta, me gusta, mmm me gusta... Comencé el consabido rito: contemplaciones sostenidas por unos segundos. Nervios. Bajada de mirada. Ojitos buscones imantados. Emoción al saber que éramos dos jugando a lo mismo. Mi deseo llamaba y había posibilidades de que lo atendieran. Nuestras miradas comenzaron a revolcarse como perritas juguetonas en el pasto. Me atreví a dar el paso.

–Hola.

–Hola. Soy Rafael, ¿vos?

–Yo Agustín–. Sabía que al decir «yo» y no «sho» él notaría que no era argentino.

–¿De dónde sos?

Conversamos sobre mi partida de Venezuela y de lo que hacía en Buenos Aires. Le pareció valiente mi decisión de emigrar. Él estudiaba Relaciones Internacionales. Le pregunté si había venido a las marchas anteriores y qué hacían al llegar al Congreso. Me contó de unos discursos y algo que me gustó: «...y se hace "el kissing": todo el mundo tiene que besar a quien tiene al lado».

Podía haber tenido paciencia y esperar al tal kissing. Pero saqué el mega garfio y le pregunté si eso no se podía adelantar. Sonrió pícaro: «Claro que sí». Y sin que nos importara el resto de la gente, acercamos nuestros cuerpos, y nuestras bocas saciaron sus ganas de succionarse. Sabor encantador. Siguieron minutos en los que no podíamos despegarnos. Cuando caímos en cuenta de que había que tranquilizarla, nos separamos sonriendo, rojitos.

Mi emoción aumentaba, él me daba pie. Me preguntó si quería

conocer a su amiga travesti y, ¡sorpresa!: era la Carmen Miranda que había fotografiado antes, pero ahora, descendida de las alturas, se quejaba porque se le había desprendido el gancho que le sujetaba el fruterío que llevaba en la cabeza (¡la corona!).

Cuando ella me saludó, en lugar de poner el cachete para recibir el beso, puso la boca. Me pareció tonto no darle el pico. Carmen Miranda le pidió a Rafael que la ayudara a encontrar un baño para arreglar su tocado tropical. Él propuso ir a un restaurante. Cuando entramos, casi todos los comensales nos vieron impresionados. «¡Como que no se enteran que hoy es la marcha gay!», dijo Carmen. Me esforcé para no demostrar que sus miradas me daban vergüenza. El camarero nos negó el permiso de usar el baño. Salimos intentando mantener la frente en alto.

Carmen Miranda no se dio por vencida, señalando otro bar dijo: «Allí hay baño también». Yo venía notando que su español era raro. Rafael me contó que era brasileña. Al entrar, él vio a otra travesti y le preguntó si podía ayudar a su amiga. «Claro, miamor». Tardaron. Él y yo aprovechamos para seguirnos interrogando. Cuando salieron, tenían cara de decepción y las frutas de plástico en las manos. Rafael la quiso consolar: «Aún sin eso estás divina. Vos seguí disfrutando».

Me gustaba escucharlo. Quería saber más de él. Me contó que pertenecía a una organización que luchaba contra de la discriminación homosexual. Carmen Miranda nos interrumpió para decirme que ella había pedido permiso para decir unas palabras en la tarima, pero los organizadores se lo habían negado.

Invité a Rafael a mi casa. Sabía que los chicos no estarían. Me habían dicho que irían a un cumpleaños. Tomamos el 52. Durante el trayecto nuestras bocas se miraron repletas de ganas de más besos y nuestros cuerpos se pedían completos. Nuestras miradas se nos adelantaron en la penetración. Me preguntó si fumaba porro. Cuando le dije que sí, pero que no tenía, se emocionó: «Yo sí tengo».

Arrebatados, tuvimos sexo por primera vez, segunda vez, tercera vez, cada vez mejor. Lo comparé en físico y acción con los archivos de mis predilecciones... todo coincidía. Capturaba sus frases como si fueran parte de un tesoro que me acompañaría cuando él se fuera. Tenía que haber una próxima vez. No pude dejar de preguntarle: «¿Te quieres quedar a dormir?» Un beso larguísimo fue su respuesta.

IMANES

Rafael, era menor que yo, aunque muchas veces sus razonamientos se me hacían de una persona de más edad. A los dos nos interesaban los temas sociales. Él ya estaba terminando el tercer año de su carrera. Me dijo que era el mejor de su clase. Pensé que era abombaduría argentina, pero era cierto.

Me enamoré de él muy rápido. Pasaba horas pensándolo. Imaginando los detalles que le podía hacer para que me pensara como yo a él. Nos comenzamos a celar, se avivaba el fuego. Me sentía orgulloso de que alguien como Rafael se hubiera fijado en mí. A veces me entraba miedo de que la relación no durara, aunque las dudas se disipaban cuando nos encontrábamos y nos regalábamos mimos y cosquillas. De nuevo llegaba el frío y nuestro placer era empollarnos y acurrucarnos.

En mi libreta de notas me escribía la palabra «besos» por todos lados. Hablábamos de literatura y de música. Rafael siempre apostaba por lo seguro, prefería leer y escuchar a los clásicos. Me preguntó las novelas que más me habían gustado. Nos dio aliento coincidir en varias. Se emocionó al encontrar entre mis discos a Chopin, Bach y Mozart, y le llamó la atención que me encantara el Bolero de Ravel.

En Rafael percibía un halo familiar. Sus risas, muecas y expresiones me recordaban a Tina. Una amiga me había dicho: «Lo de dime con quién andas y te diré quién eres, se entiende mejor con la visión metafísica. Las relaciones que tenemos hablan de nuestro estado evolutivo. Las personas grado uno, atraen a las grado uno, y así. Cuando evolucionas, trasciendes de nivel y cambia tu modo de ver tus relaciones. Por lo que muchas veces prefieres estar solo, en un trance que no es fácil, ya que sólo con esfuerzo podrás vencer las barreras, hasta que comienza a acercarse gente del grado en el que estás ahora. El secreto es permanecer atento. Cuando dos personas se conocen, chequean, consciente e inconscientemente, en qué nivel está la otra, y se decide si la relación tiene futuro o no. En fin, la cuestión es que por alguna razón atraemos a la gente que se nos acerca y que se queda, pero no todo el mundo está dispuesto a reconocer sus imanes».

Pensé en Tina, en Rafael, en nuestra conexión. Extraños a quienes conocí en las calles de Buenos Aires y que pasaron a ser los causantes de mis suspiros. No nos hacía falta hablar para comunicarnos. Sus ocurrencias me fascinaban. Tina ya tenía unas semanas en Italia, con altibajos, pero allí iba. Le conté de Rafael. Me respondió al instante, deseándome suerte, y me pedía que la mantuviera al tanto.

En esas semanas para mí no había mejor plan que los chicos salieran y me dejaran la casa sola para disfrutarla con él. Me cocinaba, veíamos películas, colocábamos velas para conversar y teníamos sexo hasta en el patio. Sentía y creía que él era mi media naranja. Me lo ratificaban las coincidencias que latían entre nosotros desde que nos conocimos. Por ejemplo, Rafael a veces me decía frases que yo había aprendido, que pensaba que no eran comunes, pero que no se las había dicho a él .

IGNORANCE IS BLISS

La travesti que conocí trajeada de Carmen Miranda era la dealer de Rafael. «Ellas no tienen muchas opciones para sobrevivir. Se prostituyen o venden droga, ¿qué harías vos?», me preguntó él, quien era un buen cliente porque se fumaba, mínimo, tres porros diarios. Le pedía permiso a su jefa para comprar cigarrillos y bajaba al sótano del edificio a darse unas pitadas, y volvía a la oficina con una sonrisa. Al parecer eso no influía para mal en sus estudios ni en su trabajo. Leía, estudiaba, conversaba y no se le notaba; en cambio, cuando yo fumaba me costaba concentrarme, decía imprudencias. Fumaba buscando restarle fuerza a la ansiedad y me daba ansiedad que los demás se dieran cuenta de que estaba drogado.

Con Rafael fui cambiando mi relación con la marihuana, me sentía anfitrión de una fiesta de descargas eufóricas. Estando solo me quedaba abstraído en mis pensamientos. Me «imploraba» (exploraba por dentro), al fin sentía que tenía el tiempo para ello. Bajaba las persianas y me ensimismaba; al rato las subía, me asomaba, y despegaba rumbo a situaciones hipotéticas. Fumaba con la intención de observarme. Verificaba qué quería hacer: limpiar, dibujar, escribir... Cuando fumas terminas haciendo lo que de verdad quieres, te alejas de lo obligado, te vale un bledo. Es por eso que la María es tan peligrosa para este sistema.

Quería conocer más acerca de las sustancias psicotrópicas, Rafael había probado más que yo: LSD, San Pedro, éxtasis... con este último sintió que se sumergió en un mar. Yo me preguntaba si podría bucear en mi inconsciente sin químicos. Probar me daba miedo. ¿Podría controlarme luego?, ¿sufriría daños irreversibles? Sabía que más valía sentir respeto a miedo, pero creo que lo mío era miedo.

El cigarro, los tragos, se me hacían más fáciles de controlar, pero tenía mis dudas en relación al control del porro. No sabía si me convenía tener siempre marihuana en casa, como si fuera pasta de dientes. Recordé la primera vez que fumé rondaba los veinte años. Fue con mi amigo Buba, en Caracas. Fumé uno entero porque al principio no sentía nada, poco a poco me fue entrando una borrachera. Cuando me miré al espejo me explotó un ataque de risa. No podía parar. Me sentí como el Guasón. Buba se reía de mí. Él quiso que la primera vez fuera memorable. Se puso creativo, y me pidió que me sacara la camisa. Me emocionó la idea, pero en cuanto me notó las intenciones me cortó para decirme que lo que quería era darme un masaje. Igual no era mala la oferta. Me giré y en eso sentí un trazo frío que dibujaba la zeta del Zorro en mi espalda. Pegué un salto, pensé que me había cortado con una navaja.

–¿Qué me hiciste? ¿Me quieres matar?– Él reía –¿qué me pasaste?, ¿hielo? ¡Me está quemando!

Me había puesto era crema. Me dio un masaje de sólo minutos y me dijo que mejor diéramos una vuelta en auto. Quería que viéramos las luces de la noche. Le di las llaves para que manejara él. Era diciembre y yo quería vivir a pleno mi regalo de navidad, e ir como un perrito asomado por la ventana. Mi amigo me compró un gorrito de San Nicolás, y yo saludaba a la gente por la calle y les gritaba: «¡JO JO JO!» La marihuana me pareció un caballo que me llevaba a dónde había goce. Carcajadas, piernas al aire. En algo se me pareció esta experiencia a cuando tuve sexo con un hombre por primera vez: supe que era la primera de muchas veces por venir.

Cuando le pregunté a Rafael cómo se imaginaba a sí mismo si no hubiera probado nunca la marihuana. Me respondió: «De no haber encontrado alguna otra forma para drenar la ansiedad, creo que habría enloquecido». Recordé que en mi primer día en Buenos Aires un chico me pidió fuego para encender un porro mientras esperábamos para cruzar el semáforo. Pensé: «He llegado a la tierra prometida». No fui canchero para pedirle una calada, pero para allá iba. En los conciertos casi siempre había fumata... «Habemus Papam». Me gustaba cuando al caminar me llegaba el aroma («por el aroma yo lo sé...» decía un comercial de café venezolano). La marihuana es repudiada y adorada por muchos en todas partes del mundo. Rafael decía que fumarla era un asunto extra moral. Por más que quise, no pude coincidir, ¿existe algo que pueda estar fuera de la moral?

VEINTIÚN METROS CUADRADOS

Una mañana, tras pasar la noche con Rafael abotonados en mi cama de una sola plaza, nos despertó el teléfono. Contesté rápido para que no se despertaran los chicos. Era mi madre. Me contó que el esposo de una amiga de ella que era argentina, ofrecía en alquiler un departamento en Corrientes y Córdoba, que anotara el teléfono, porque a él no le importaba que yo no tuviera garantes. Cuando le conté a Rafael me dijo que Corrientes y Córdoba no se cruzaban, y me preguntó asombrado si quería volver a mudarme. Con miedo le respondí que, si me gustaba el lugar, lo haría. Al día siguiente, a esa misma hora, ya había conocido el departamento y estaba contándoles a Martín y Fernando cómo era.

–Está en una esquina de una calle adoquinada de Chacarita. Es un primer piso chiquito, unos veintiún metros cuadrados. Es una casa que convirtieron en varios departamentos. Lo malo es que no está amoblado, pero creo que es mi oportunidad de tener mi propio lugar. Ustedes son buena onda, nos llevamos bien, y me imagino que es un fastidio tener que encontrar a alguien nuevo, pero...

–Agustín, tranquilo, si yo fuera vos, tampoco perdería la

oportunidad. Con nosotros está todo bien– respondió Martín, quien siempre marcaba la pauta.

Me alegró su reacción. Intercambiamos unas palabras de buenos deseos. Regresé a mi pieza y me estresé al ver que tendría que guardar todo de nuevo en mis maletas. Llamé a mi nuevo casero y le confirmé. Me mudaría en una semana, para darles tiempo a los muchachos de encontrar a un nuevo compañero. Me acosté e intenté imaginar mi vida en ese departamento. Aprender a moverme en otro barrio. ¿Cómo lo iba a amoblar? No pensaba en el estilo, sino de dónde sacaría el dinero para hacerlo.

Llamé a mi casa: «Tranquilo que el equipo gana», me dijo mi madre.

CON-MIGO Y SIN-TIGO

Embolsé, encajé, y enmaleté mi ropa, fotos, libros… pero esta vez fue diferente a las anteriores. Observé cada cosa y me pregunté: ¿para qué guardo este bolígrafo que no sirve o este cargador del celular que me robaron? Tomé una bolsa y metí todos esos «sin sentido»: una máquina de afeitar que se me quemó en su primera enchufada argentina por el diferente voltaje, los folletos publicitarios que daban para forrar una pared entera. Aproveché el impulso y puse también la ropa que ya no me gustaba y todo se lo di a los cartoneros, como son llamados quienes trabajan en la calle recogiendo desechos para venderlos luego.

Pedí un flete para la mudanza y vino solamente un chofer que no era «peón» como les dicen a los ayudantes para cargar los objetos pesados, muy a lo hacienda colonial. No preví pedir ayuda porque Rafael me había dicho que daría una mano, pero a última hora me dijo que no podía porque tenía que estudiar. Venía notando que sus evasivas eran cada vez más recurrentes. En eso, sonó mi teléfono. Era «Vida Feliz», así le decía a un amigo colombiano que se la pasaba buscando trabajo, pero no encontrándolo, lo que sí encontraba era joda. Me llamaba para invitarme a montar bicicleta en la costanera. Y la «hermana república» (como llamamos a Colombia los venezolanos) me tendió sus manos y brazos:

–Pues claro, Don Agus. De una me cojo un taxi y nos vemos allá. Cuente con eso.

–Tómelo que yo se lo pago acá- le dije contento imitando su acento.

–Fresco, hermano.

Ya al fin en mis veintiún metros, cuando «Vida Feliz» se fue, me vi rodeado de soledad, yo y yo (con-migo y sin-tigo). Una corriente de relajación vino seguida de otra de temor. Conecté la computadora, necesitaba escuchar música. Rafael me había guardado una carpeta de música clásica. El azar quiso que lo primero que escuchara en mi nueva casa fuera el Bolero de Ravel.

Ordené mis libros mientras la música me hacía sentir bajo su efecto, como una serpiente encantada por una flauta. Me senté en el suelo y me quedé mirando lelo esas paredes recién pintadas de blanco. Fui a la ventana y, de lo emocionado que estaba, le di tal tirón a la persiana que quedó toda enrollada arriba. Me azoré en darle la bienvenida a Dios. Mi mamá decía que había que abrir bien las ventanas para que entrara Dios. Me emocioné al ver los rayos de sol. Esa ventana sería mi televisión pantalla plana, canal de entrada del verde de los árboles y de la brisa. Me puse en posición fetal, imaginé que estaba dentro del vientre de mi madre y así me estuve un rato.

En una de las paredes había un espejo de un metro y medio. Me levanté y me quedé mirándome a los ojos. Me acerqué. En mi mirada noté miedo e indecisión, no sabía si estar alegre o triste. Quería estar firme para la foto inaugural, pero me preguntaba ¿Me irá bien en soledad? Naciste solo y morirás solo. ¿Pero no nacemos con nuestras madres y a veces padres también? Llamé a Caracas para contarles que me estaba instalando. Se alegraron. Mi mamá me pidió, como siempre, que tuviera «mucho fundamento». Bajé la cabeza para agradecerle a mi familia y a la vida.

Al detallar el suelo, descubrí que que coincidía con la idea con la que asociaba a Buenos Aires: un laberinto, este hecho por listones de parquet, múltiples caminos enlazados, con direcciones distintas. Coloqué mis cosas en mi nuevo mundo. El lavamanos tenía dos jaboneras, mi mano izquierda no se enteraría de las movidas de la derecha, y viceversa.

Le escribí a mis amigos: «Todos los días serán de open house. Se aceptan heladeras, bibliotecas, microondas, vajilla… Los espero». Y comenzaron a visitarme con utensilios de cocina bajo el brazo. Me dieron platos, una mesa, una sillita, un equipo de sonido, una mesita de luz. Como Celeste había quedado en estado, tenía que transformar su habitación de huéspedes en el cuarto de su bebé: bienvenido un futón. Camilo, el cubano, me dijo: «Me hace un favol si se lleva ese escritorio viejo y esa silla de madera tan vieja que están acá en mi casa. Toy que lo lanzo pol la ventana». Lo que me pagaron por la corrección de un libro, me alcanzó para comprar una heladera que parecía una pieza de antigüedad. Estaba que saltaba en una pata, las cosas se iban dando.

Cuando comencé a pensar que todo andaba sobre ruedas, comenzaron los imprevistos. Se cayó la puerta del baño (las bisagras estaban oxidadas). Al llamar a mi casero, caí en cuenta de que su amabilidad se acabó el día que firmamos el contrato. «Yo creo que vos sos medio torpe, recordá que todos los daños que hagás corren por tu cuenta». Y lo más cumbre: cuando llegó la heladera que compré, se nos vino abajo por las escaleras al fletero y a mí. Con mi escasez de dinero buscaba ahorrar lo más mínimo y por ello no pedí «peones» (ayudantes de fleteros). Una vez más: «lo barato sale caro». La puerta de la heladera se dañó un poco, pero así y todo funcionaba. Adversidades que intentaba colar con soda y a veces porro, aprendiendo que pasar cierta necesidad, enseña a no necesitar tanto.

TABLAS SALVAVIDAS

Mi amiga Mónica había vivido en Caracas crisis depresivas que la empujaron a mudarse de casa de sus padres a casa de un tipo que le llevaba unos veinte años y que era medio enano. Se conocieron una tarde en la que ella lloraba, sentada en un café. Él se sentó a su lado y comenzó a sonar su orquesta: «Si no te es molesto quisiera acompañarte un rato. Me gustaría invitarte un postre». Ella cayó, o tal vez el que cayó fue él. Al poco tiempo, Mónica se mudó a su casa. Poco duraron juntos. Luego ella se fue a compartir con un amigo mío que vivía en un complejo residencial (Parque Central) que parecía una central de peluqueras y travestis. Ella solía decirme que yo había las veces de su tabla salvavidas. Con el paso de los meses, intercambiamos roles: ella se hizo más fuerte y estuvo para mí en mis malas. Cuando me agarró la ansiedad porque me sentía estancado, ella me daba consuelo e impulsaba: «Creo que lo que debes hacer es independizarte. Despertar y seguir aunque sea el lema de los evangélicos eso de ¡Pare de sufrir!».

Para escribirle a Mónica y contarle que por primera vez en mi vida tenía una casa para mí sólo, puse música clásica y recordé cuando fuimos a un concierto de piano y orquesta, y bajamos las escaleras del teatro tomados de los brazos como si ella fuera el rey y yo la reina en nuestro palacio. Así será mi amiga de interesante que me contó que tuvo un orgasmo en pleno concierto. Le escribí procurando transmitirle la alegría que estaba sintiendo. Con la música y el añoramiento, me puse romanticón y llamé a Rafa para vernos. Me dijo que iría en la noche. Limpié, hice ejercicios (sabía que él disfrutaba más cuando mi cuerpo estaba más tonificado. A las 10 pm Rafael llamó para cancelar. Golpe bajo. Me puse en la patética posición de reclamar respuestas que sólo yo sentía necesarias. Le escribí a Mónica: «Amore, las maravillas que te conté de Rafael no son tan así. Me acaba de llamar para embarcarme, y no es la primera vez. Es muy difícil ese pibe. Estoy cansado».

Gracias al cielo, Mónica estaba conectada: Me respondió: «Quizás te hizo un favor. Piénsalo así y después me cuentas». Recordé una conversación que tuvimos ella y yo acerca de lo importante de ser más «autodependientes». Esa noche me propuse congeniar con mi soledad. Coloqué música que me diera ánimos y me puse a hacer estiramientos frente al espejo, luego me instalé a escribir y, cuando me cansé, me acosté a leer hasta que me dormí. Quería levantarme temprano e irme a pasear. Quizá Rafael sí me había hecho un favor. Posiblemente estaba mejorando mi relación conmigo. Me propuse calibrar mis oídos para dejar de escuchar el ronroneo de mis voces negativas agresivas que comenzaban con sutileza, pero que paulatinamente se hacían fuertes, como los sonidos en el Bolero de Ravel. Un dicho chino dice los pájaros de los malos pensamiento siempre volarán sobre nosotros, pero somos nosotros los que podemos impedir que hagan un nido en nuestras cabezas. Mis voces positivas alentadoras también podían ser protagonistas, y así comenzar a ser mi propia tabla salvavidas, que tampoco sería muy necesaria si lograba aliarme conmigo mismo.

C'EST LA VIE

En mi nueva casa comencé a preferir quedarme por las noches escuchando música, viendo películas, leyendo, con mi Manuela (como aprendí en Buenos Aires que se le dice al darse placer con la mano). Bajé la cantidad que fumaba tabaco o María, trataba de hacerlo sólo en los momentos especiales (aunque como todo es relativo cualquier momento puede ser especial). Descubría la diferencia entre fumar por placer y hacerlo por ansiedad. Comencé a ser más detallista conmigo. Identificaba la música que me gustaba, si no entendía la letra, la buscaba. Me grababa cantando. Me reconocía en mis dispersiones y me reía. Seguía poblando mi casa de objetos que me gustaban. "La Katiusca", una amiga caleña, me pintó un cuadro de una muñequita con cara de sorpresa y cabellos naranja ondeantes, sobre una colina. Rafael y yo lo titulamos: «Es el viento».

Le escribí a Tina para contarle que me había mudado y que creía estar enamorado aunque me parecía que los argentinos, o mejor decir, los porteños, no era fáciles de roer. Le dije que me encantaría que conociera a Rafael, me daba curiosidad saber si ellos se percatarían del parecido que yo les veía.

Cuando me visitaba Rafael cocinaba desnudo, me enseñaba a preparar platos y yo intentaba que él comiera más para que engordara. Estaba aún ilusionado con lo nuestro, aunque a la vez notaba que comenzaba a faltar la pasión, y sentía que se acercaba la fecha de caducidad de lo nuestro. Ya no nos veíamos tanto. Y cuando lo hacíamos, yo me quedaba con ganas de más, y él se iba tranquilo o, incluso, diría un tanto agobiado. Una vez, cuando terminamos una buena faena de cama y suelo (asado sobre el parqué), me pidió que le mirara el corazón. Observé su pecho lampiño. «Acercate bien». Vi su latido, notable por la reciente excitación. Una de las cosas más bellas que he visto en el mundo.

Amar nos hace sentirnos todopoderosos, pero a la vez vulnerables. Mientras más nos exponemos, más podemos ser afectados. Una noche me lancé al vacío y le dije que lo amaba, la respuesta fue un silencio que dijo: «pero yo no a ti». Así supe que estaba solo en esto. Para mí, lo nuestro era impactante, pero para él no. Sin embargo, yo no paraba de imaginar un futuro juntos, viajes compartidos y mucho más. Pajazos mentales, locomotora en combustión. Una noche, cuando nos mimábamos en la cama, Rafael me preguntó en qué pensaba. Le solté una perorata de ideas acerca de los dos. Luego le pregunté en qué pensaba él, me aconsejó que para la próxima guardara mis pensamientos.

EN LA POLTRONA DEL SALÓN DE MIS RECUERDOS

Escogí fotos para pegarlas en la pared. Amueblé mi vista con mis padres abrazándome en unas vacaciones, mi hermano y yo en el autobús de la escuela disfrazados (él de Batman y yo de Zorro), Mónica con su aire de modelo, en ella natural, riendo con su boca, mejillas, cejas y ojos. Ella me apoyaba con sus llamadas y correos cargados de consejos y buena vibra, y lo más importante: cada vez que la buscaba, siempre estaba plácidamente sentada en la poltrona del salón de mis recuerdos, como un ángel. A veces me invadía la nostalgia, porque parte del paquete de la distancia contiene el no poder ver a los ojos ni abrazar a la gente que quieres cuando lo anhelas o incluso necesitas. Ese fue un gran miedo que tuve al partir de mi país: ¿qué quedaría al irse la cotidianidad? El otro miedo que me acompañaba era si al decidirme a vivir como homosexual, me esperaría una vida solitaria. Si no creaba una familia, ¿qué otras opciones de vivir en compañía había para mí?

Mónica al poco tiempo de su partida me escribió:

«Agus, no es fácil ser quien se es en una sociedad que rechaza la sinceridad. Pero piensa: quien no te acepta como eres, no se acepta a sí mismo como es. Por eso tenemos al mundo lleno de homófobos, xenófobos y más. No olvides que decidimos si luchamos o no por nuestros ideales y por nuestro derecho a ser felices. Protégete. Ignora lo que merece ser ignorado y enfócate en lo que te conviene. Si de verdad te aceptas, la gente no tendrá más que hacerlo también, y si no lo hacen ¡es problema suyo, no tuyo!

Besos, en nombre de ¡todas las locas reprimidas del mundo! Hay que tener mucha hombría para aceptarse como diferente.

Mónica, terapeuta de gays y lesbianas.»

Pensé en las vidas de grandes escritores como Oscar Wilde, Proust, Tennessee Williams, Capote, Borrough, Thomas Mann... Todos fustigados por su orientación sexual. Descendemos de generaciones que pensaron que ser diferente no era normal. Afortunadamente las cosas han cambiado. Ahora los medios de comunicación han abierto el panorama, aunque sea motivado por la búsqueda de lucro, porque lo diferente llama la atención. De a poco se ha esparcido la idea de que los gays están en todos lados. Pero, aún hay más represión que aceptación, en pleno siglo XXI.

Le escribí recordándole cuando nos decían que ella era yo en versión femenina, y viceversa. Creo que muchos gays nos unimos mucho a nuestras amigas por tener la energía femenina más a flor de piel, y al poder acceder a ella, con más facilidad, establecemos puentes con las mujeres de manera más natural. A la vez, muchas chicas fluyen más con los gays porque no sienten las amenazas del deseo sexual y, además, obtienen con nosotros una óptica más práctica de los asuntos, en comparación con la que podrían encontrar en sus amigas. Por mi parte, a mí Mónica me liberaba de culpa al confesarle mis aventurillas triple x, al tiempo que me asentaba un poco mi loca cabeza loca. Al escuchar mis anécdotas carnales, ella también se liberaba para contarme las suyas; y, a la vez, muy pertinentemente, me repetía que me cuidara mucho y me cantaba la canción: «Oye papi, ponte el sombrero», porque no valía la pena arriesgar la tranquilidad del resto de la vida por unos minutos de placer. «Reconoce que: Ese balance no da», recalcaba.

CAMBIO DE LUGAR, CAMBIO DE SUERTE

En mi día a día caía en cuenta de cuán venezolano era al percatarme de aspectos de mi forma de hablar. A la vez notaba el surgimiento de nuevos tonos, palabras, un che o un vos colados por allí. Me venezolanizaba mientras me argentinizaba. Ya no me sentía tan extranjero. Experimentaba una escisión dentro de mí y a la vez un acercamiento a mi identidad. Me pescaba evocando recuerdos. Buscaba en Internet las poesías y las canciones que escuché de niño: Angelitos Negros, La Loca Luz Caraballo, las tonadas de Simón Díaz,... quería comprender su poesía: «Yo vide una garza mora dándole combate a un río / así es como se enamora tu corazón con el mío». Busqué los simbolismos de los escudos venezolano y argentino, de los colores de las banderas, investigué sobre las fechas patrias... Desde la distancia percibía mi país de otra manera. Veía y les mostraba a mis amistades las fotos de las marchas opositoras a las que fui en Caracas, ahogado en el ruido ensordecedor de los cacerolazos, el hit parade de la temporada. Pensaba en cómo se había transformado mi vida al haber partido de mi país, me preguntaba qué estaría haciendo de haberme quedado allá. Recordaba lo que me pasaba por la mente antes de venirme, aquellas ansias de salir rumbo a la aventura. ¿Era esto lo que había venido a buscar? ¿Estaba huyendo?, ¿de qué? ¿Logré escapar? Me cuestionaba si debía quedarme en esta tierra. Recordaba a mi amigo Marcos, al que yo llamaba Marcia, cuando íbamos a discotecas y el paneo por la fauna de pavo reales no era esperanzador, me decía: «Movámonos mana. Cambio de lugar, cambio de suerte».

Lo bueno de abandonar los bares es que también se abandonan sus consecuencias. Ahora en las noches escribía, recordaba, dilucidada imágenes de mi rompecabezas. Al rememorar mis veladas noctámbulas ajetreadas, se me hizo extraño que desde hacía tiempo no se me instalaban esos deseos nocturnos de luces de colores intermitentes, saltitos, copetes, grupitos, tragos, carne de stripper, cigarrillos, tragos, shows de drags con su humor agudo e irónico… todo aquello paraba, por lo general, en borracheras batidoras, laberinto de alcohol y polvillo blanco que desembocaba en la famosa hora de las «compras nerviosas», de raspar la olla, de agarrar aunque sea fallo. Cuando la madrugada estaba escasa de propuestas interesantes (interesadas en mí), ponía mi cara de inapetencia y Marcia, con su resistencia envidiable, se despedía de mí agarrándome bien las nalgas, diciéndome: «pa'que no te vayas liso», y me guiñaba el ojo. Y él seguía con su… baila marica, baila marica… Al día siguiente, lo llamaba y me contaba todo, desde la primera manoseada hasta la última acabada. Los gays tenemos de los hombres la promiscuidad y de las mujeres la habladuría.

MÁS VALE POCO CON GANAS QUE MUCHO SIN SER QUERIDO

Che Celeste dio a luz, y el bebé parecía un ángel. Lo llamaron Daniel. Ella y su Gastón me decían «Tío Vene». Mi amiga vene-porteña Juliana se comprometió en matrimonio con un argentino rockero y me pidieron que dijera unas palabras en su boda. Rafael seguía allí, pero cada vez más intermitente, cuando se marchaba de mi casa me dejaba un halo de inseguridad mezclada con melancolía. Creo que, evitando sentirme así le solía pedir que se quedara más y justo eso le generó mayores deseos de distanciarse. Se repitieron las noches de sus negativas a último momento que me sacaban de quicio. Una tarde, mientras lo esperaba contento: ¡Yabadabadú! ¡Yabada…! ¡Ring! Era él, para cancelar. No lo pensé ni una vez: «De esta me desquito». Me vestí para irme a putear. En eso, vi que Mónica se conectó. Le conté del plantón recién sufrido y que iría a sacarme las ganas por allí. Me respondió: «Más vale poco con ganas que mucho sin ser querido, pero si es de sacarse ganas, es de sacarse ganas. Te deseo suerte en la ruleta». Apagué la máquina y emprendí mi viaje a Zoom.

Música, videos, sonidos, oscuridad, cercado de gemidos que excitaban la atmósfera. Deseo de piel en ebullición. Comparsa de ánimas alteradas celebrando un carnaval atemporal. Estrecho abismo entre la imaginación y la realidad. Un grupo de chicos hablaban con tono alto, ninguno aparentaba ser mayor de edad, uno apostaba que era capaz de levantarse a otro que pululaba por allí solo. Se retaban adivinando si era pasivo o activo. Quería ver a ese fulano que levantaba apuestas. Entré a una cabina y me asomé a la de al lado. Un chico bailaba solo viéndose al espejo, como ignorando dónde estaba. Al salir, vi a un hombre que intentaba forcejar una puerta. En las pantallas, un negro musculoso le hacía una intensa cabalgata a un blanquito delgadito con una cinturita estrechita con cara de «plador» (placer con dolor). Se plantó a mi lado uno que parecía de mi edad, mirada amigable, piel color té con leche, cabello negro liso aindiado, delgado, con buen porte. Nos detallamos mutuamente. Sonreímos. Chispazo. Me convidó con un movimiento rápido y diagonal de cabeza. Enrumbamos para el mismo lado y a los segundos empañamos los espejos a punta de besos, agarrones, y un numerito de sexo de diez puntos. Cuando terminamos, él infló el forro antes de arrojarlo a la basura para verificar que no tenía rotura. Lo anudó asépticamente y lo tiró al tacho. Lo que siguió también me gustó: un diálogo con una persona afable. Me dijo que se llamaba Luciano (nombre que siempre me ha parecido lindo, no sé si por lo de luz y ano). Era de Bariloche, enfermero, tenía pareja, fumaba porro de vez en cuando, iba a nadar tres veces por semana a mi misma red de gimnasios, le encantaba el cine, el teatro y leer. Nos fascinó tener cosas en común, y para remate me dijo que él sabía hablar venezolano. Me hizo un listado de todas las palabras que conocía: chévere, pana, cónchale, chamo, cónfiro... Me explicó que en Bariloche había trabajado como guía turístico, y que había conocido a unos cuantos venezolanos. Además, en la época del corralito se fue a Miami a buscarse la vida como camarero, y allí se hizo amigo de un veneco (así lo llamaba). Había regresado a la Argentina hacía unos meses, porque ya había ahorrado suficiente y se había cansado de estar allá. Intercambiamos teléfonos. Nos pusimos de acuerdo para vernos pronto.

Esa misma semana nos reencontramos, y terminamos en mi cama. Ni tan lentamente nos fuimos acercando más. A Luciano y a mí nos hacía falta el afecto que nos dábamos. A «Lucho» no le quedaban muchos amigos en Buenos Aires, porque la mayoría se habían ido a otros países, como me había pasado a mí en Caracas. Además, cuando él regresó de Florida conoció a Sebastián en una sauna, y se acostumbró a salir con él a espectáculos, cines, y llevar una vida de casados culturosos. Luciano me contó que Sebastián no era celoso. Más bien le decía que saliera por su cuenta. «Andá. Eso sí, si conocés a alguien que te guste, y te envolvés con él, me avisás en cuanto antes». A veces él se iba a mi casa al salir de su trabajo. Cuando llegaba, nos fumábamos un par de porros, cocinábamos, y pasábamos horas boludeando. Jugábamos a que éramos actores de telenovelas venezolanas.

–¡Luciano Alfonso, este hijo es tuyo!

–Quisiera creerte pero no puedo. Mejor no volverte a ver nunca más.

Él era mi enfermero particular. Creo que tengo alma de viejo, porque descubrí que nada como tener a un cuidador particular, que me traía en envases de pruebas médicas mi medicina mariana. Tanto nos gustaba inventar que nos inscribimos en clases de Tango Queer (tangay). La cosa era complicada porque, a veces, tocaba hacer el rol de hombre y, otras el de mujer. Lo intentamos intensamente hasta que Luciano no soportó más mi cintura salsera-merenguera. Él, en cambio, sí aprendió algunos pasos, y le entraba como un estremecimiento al escuchar a Gardel, como a mí me pasa con Las Chicas del Can.

–Vos porque sos argentino– le dije –y estás acostumbrado a disfrutar la melancolía, a revolcarte con gusto en las miserias, por una cabeza, con la frente marchita. A mí esta música no se me da.

Y tiré la toalla.

ESCOZOR EN MI CORAZÓN

Como Rafael no me daba la atención que yo necesitaba, me contagié de la relación abierta que tenía Luciano y, de vez en cuando, me permitía estar con otros chicos. Sólo a Lucho le contaba esas movidas y él me confiaba las suyas. Una noche me llamó para decirme que había conocido a un francés, por lo que pensaba dejar a su amante colombiano de turno. Me dijo: «Me cansé de estar uniendo a Latinoamérica como la Panamericana, así que pasaré a ser Air France: Le monde a mes pieds!». En eso me entró otra llamada al móvil. Corté con Luciano porque vi que era Rafael, en lo que lo saludé, sin anestesia me preguntó:

–La última vez que nos vimos me dijiste que te picaba la piel, ¿no? (quedé en blanco por unos segundos). Tengo sarna por tu culpa...

Siguió el colapso cargado de muchos insultos.

–¿Y si más bien fuiste tú quien me contagió a mí? (fue lo peor que le pude preguntar).

–Fuiste vos, pelotudo, que yo no he estado con nadie más desde que te conocí.

Me tiró el teléfono. No pude dormir. Al día siguiente, cuando revisé mi correo tenía un mensaje de Rafael en el que me pedía que no lo buscara más. Lo llamé y no quería verme, y tras la excusa de que me devolviera mis discos, fui para su casa. En la puerta me recibió, tiró los cds al suelo, me mostró su piel maltratada, enrojecida, rasguñada, me dio una patada por el culo y me lanzó la puerta en la cara.

Quedé despedazado. Maldije la frase: «No sabes lo que tienes hasta que lo pierdes». Fui a un médico, hice el tratamiento y me curé. Ni idea de cuál de mis «víctimas» me había transformado en «víctima». Jamás había sentido tal escozor en mi corazón. Cuando le conté a Luciano, inmediatamente me preguntó: «¿Querés que vaya?, recordá que soy tu enfermero!». Con inseguridad, le pedí que me dejara pasar por esto solo. Con la fuerza que me quedaba quería drenar con la escritura terapéutica tiraba tres líneas en la pantalla, pero luego borraba letra por letra. Al cabo de poco rato, terminaba revolcándome en la cama recordando a Rafael, su voz, sus palabras, sus súplicas de más. Se sabe que de los dos siempre hay uno que quiere más, incluso creo que el que se siente menos querido quiere más justo por eso, porque lo que recibe son migajas y vive con hambre y el que muestra el hambre no come.

Comencé a fumar como puta enjaulada. Me asusté al escupir flema ennegrecida en las mañanas, mis mocos pasaron del verde al gris. Tos y malestar instalados. Caminaba lento, sin ánimo ni para levantar los pies. Burbujeaba llanto. Me iba a la plaza donde me sentaba con Rafael, y allí pasaba las tardes, ansiando que apareciera, pero nada.

Mi amigo Marcia decía: «Cuando nace amante muere amigo, pero cuando muere amante, amigo renace de las cenizas como el Ave Fénix». Luego de buscar clavos extractores sin mayores resultados, recapacité. La sarna había sido una advertencia: me convenía tranquilizarme, dejar de querer ser el puto Don Juan, y dedicarme a mis amistades. Ellos me decían, cada quien, de manera distinta, que lo que pasa es lo mejor y que, al final, todo pasa. Trataba de disolver esta idea en mi estómago, pero las risas, los gestos, la mirada de Rafael permanecían conmigo, y se me hacía insoportable no poderlos palpar. La depresión se acercó firme para atarme y dar vueltas vigilantes a mi alrededor. «De mí no te escapas». Me sentía en una rueda, mareado, perturbado.

Llamé a Luciano y le pedí que me sacara a algún lugar. Me invitó a ir al teatro, para ver una obra de travestis: Konga, el callejón de los espejos. Al salir del espectáculo, nos sentamos a cenar en el Exedra, un lugar en donde muchos tipos iban a buscar acompañantes («gatos»). Brindamos con vino tinto. Yo no había comido nada y la comida tardaba. Luciano me contó que ese día había visto cómo murió un hombre, en una operación de alargamiento de micropene. El paciente no había avisado que era adicto a varias sustancias. La operación se complicó y le sobrevino una crisis de abstinencia. Para explicarme, Luciano hacía gala de su morbo. Se esmeró en describirme el falito operado, que si el glande, el prepucio, los testículos morados… que el tipo no aguantó más y yo tampoco aguanté más. Me comenzó a entrar una pálida. Los espejos del Exedra me proyectaron borroso. Los ruidos se lentificaron como cuando se le baja el volumen de forma gradual al equipo de sonido. Alcancé a decirle: «Mejor cambia de tema» y a escucharle: «¿Qué te pasa?». Y: blanco. Se me fueron los tiempos.

Cuando abrí los ojos, vi mi copa quebrada en el suelo y a Luciano de rodillas a mi lado, detallándome los ojos, con los suyos asombrados. Un camarero me preguntó si había consumido alguna droga. Me pidió que le contara sin miedo, porque él no era policía. Todo el restaurante miraba con los ojos y boca bien abiertos. Me sentí protagonizando una película de Woody Allen. Luciano me dijo que ya habían llamado a una ambulancia. En ella fuimos al Hospital Fernández, donde estaban de guardia unos colegas suyos. Mientras aguardábamos por mi turno, en la sala de espera, llegó un baleado y otro acuchillado. Me preguntaba: ¿qué me pasó?, ¿qué hago acá? Me hicieron un electrocardiograma y no se detectó nada extraño. El doctor me dijo que eso ocurría de vez en cuando, y que si no me volvía a pasar estaba todo bien: «Pibe, lo que tenés que hacer es comer mejor y vivir más relajado».

La escritura terapéutica

Necesitaba cambios, pequeños y grandes. Quise mejorar mi casa, pinté las paredes, compré utensilios de cocina. Limpié por donde no había limpiado. Rafael había dejado en mi nevera un «San Pedro» (porque abre las puertas del cielo) que había encontrado en su viaje a Jujuy, y que había llevado a mi casa con la idea de prepararlo juntos y vivir esa experiencia de otros mundos que yo suponía que nos aliaría más. También, guardadas en mi mesita de luz, estaban unas esposas que usábamos en nuestros juegos morbosos. Así me sentía por su recuerdo: psicotropicado y esposado. Tanto al cactus (que ya se estaba bastante podrido, como yo) y las esposas les arrojé a la basura. Le dije chao a los vicios de encadenarnos a los gemidos y a las promesas alucinógenas.

Mis voces comenzaron a ser más apacibles, sin tantas investidas volcánicas con burbujeos a regañadientes. Busqué entrar en una cápsula de auto-conocimiento. Dibujaba en un cuaderno garabatos misteriosos que después trataba de develar poniéndoles título. Escribía lo que me pasaba para entenderlo mejor, sintiendo los llamados, la fuerza que contenía cada uno, escuchando para aprender. Al leerme, tiempo después, me preguntaba ¿yo escribí esto? Lo mismo les ocurría a las personas para quienes trabajaba en la elaboración de libros por encargo, haciendo las de ghost writer. Los grababa, transcribía y corregíamos el resultado. Al leerse se preguntaban asombrados: ¿yo dije eso? Me gustaba ese trabajo porque, además de aprender de varios temas, en el proceso creábamos una fuente de auto-conocimiento. Sentía que tenía que ahondar en esto que me venía dando vueltas en la cabeza desde hacía tiempo: la escritura terapéutica.

LA ENTRADA A LA UNIÓN

Reviví en mi mente el episodio de esa extraña noche. Recordé el nombre del local. Exedra. Gugleé Exedra: «En su significado griego es el asiento ubicado en el exterior de la puerta». ¿A dónde iba a entrar? La obra de teatro que habíamos visto se llamaba El callejón de los espejos. El Exedra estaba decorado con cientos de ellos. Allí tenía que entrar, en la auto-observación. En Wikipedia decía que los síncopes: «Suelen estar relacionados con el miedo, el dolor intenso y el sufrimiento emocional». ¿Cómo parar de sufrir? Cuántas veces no me gritó Mónica «¡Pare de sufrir contigo!».

Me vi en el espejo, fijamente, me miré a los ojos para pedirme la oportunidad de recomenzar. Mi sistema había pedido una reiniciada. Ordené mi casa. Tiré los inservibles que ya comenzaba a volver a acumular. Limpié de manera profunda. Cuando hice la compra de comida decidí hacerlo con consciencia: frutas, vegetales, legumbres y una planta para mi ventana. Cuando fui al gimnasio, mi mirada se cruzó con la de un tipo guapo. Me fui tras él. Subimos las escaleras. Escaleras al cielo. Y me preguntó si yo también iba a la clase de Yoga.

–¿Yoga?, sí, voy a probar a ver qué tal.

La clase fue una maravilla, estiré músculos que ni sabía que tenía. El «queso» que había impulsado mi llegada allí me miraba a veces y sonreía. Al terminar, el profesor pidió que nos acostáramos en el suelo y colocó música relajante. Hasta se me salieron las lágrimas de la felicidad. Era eso lo que necesitaba. Mi mente estaba reactivada, resonaban las frases de la clase: «Reconozcan el punto que amerita mayor atención y coloquen el foco allí. El Yoga nos demuestra lo que somos capaces de hacer cuando nos concentramos de forma relajada». Me hice alumno recurrente. A los pocos días fui a averiguar en el instituto de Yoga donde trabajaba el profesor. Me inscribí. Quería evolucionar en mi equilibrio mental y físico. Me acostumbré a hacer estiramientos, inclusive en la parada del autobús y hasta a bordo de él (colgándome en las barras para elongar la columna), sin limitarme por el qué dirán. Procuré mejorar mi postura, prestarle atención al fluir de mi respiración para darles nitidez a mis pensamientos. Mi cuerpo me daba reportes acerca de mi relación con el mundo, descubría una nueva manera de ser y estar. Comencé a enfermarme menos, a tener más voluntad. En las clases, a veces pedían que cerráramos los ojos. Así conocí la gracia de bailar en la oscuridad. Cuando comencé a pararme de cabeza entendí que la diferencia entre hacer las cosas y no hacerlas, es creerlas posibles. La única manera de terminar de sacudirme la depresión era creer que podía hacerlo y hacerlo.

SIN SOMBRA NO HAY LUZ

Tina me llamó para decirme que había soñado que su novio le pedía matrimonio y que cuando se lo contó, él le dijo que había soñado lo mismo, pero estando despierto. Le preguntó: «¿Hacemos realidad nuestros sueños?» Se casaban el mes entrante. También me contó que su hermana había reformado su departamento, y me pidió, como yo todavía tenía llaves, que fuera a verlo para que le contara qué tal.

Fui. Su hermana era psicóloga, había convertido el depto en un consultorio. ¡Uno más en Buenos Aires! Pintó las paredes de color huevo. La alfombra, antes marrón con manchas, reposaba en su beige intacto. Una nueva biblioteca de madera repleta de clásicos de la literatura: «El amor en los tiempos del cólera», «Un mundo feliz», «Las uvas de la ira»… En la repisa superior, la colección de obras completas de Sigmund Freud. Esos libros los había visto durante toda mi vida, porque mi padre tenía la misma edición en su biblioteca.

Encendí un incienso. Observé todo para detectar si notaba la presencia de Tina, y sí, allí estaba. Casi frente a mí, colgada en la pared, retratada en un cuadro que pertenecía a la decoración de cuando ella vivía allí y que la hermana había dejado en el mismo lugar. Recordé cuando Tina y yo nos acostamos en el suelo y me preguntó qué veía en ese cuadro. Predominaban el color naranja y varias figuras un tanto abstractas: una chica sentada de lado con sus brazos medianamente levantados. Podía estar ejercitando, rezando, pintando, viajando en un tren, abriendo la ventana. Alrededor, una canoa, una escalera, un niño jugando, una flauta, una estrella, una puerta. Aquella vez imité la posición de la chica y quedé inmóvil, Tina me saltó encima para hacerme cosquillas. Meses después (en un consultorio recién estrenado), me acosté en el diván y me quedé dormido. Soñé que mi sombra se separaba de mí para mostrarme un camino.

CON UNA GRACIA NATURAL

Como nunca me ha gustado «guetearme» (o «gaytearme»), buscaba mantenerme conectado con mis amistades que no eran gays. Una de ellas era Roma, me la había presentado Juliana y desde el principio nos caímos bien. Una tarde me preguntó si la quería acompañar al Centro Cultural Pachamama a donde tenía que llevar unas mieles que ella hacía y ellos vendían. Me comentó que también le diría a «La Gringa» que le había alquilado una habitación por tres meses, porque quería presentarle amigos.

Nos encontramos en el Pachamama. Como llegué temprano me distraje viendo las pinturas de las paredes y hablando con la cantinera que parecía la Pachamama en persona. Desde mi desmayo estaba siendo más observador, escuchaba más a mis emociones, e incluso mejor a las otras personas; aprendía a disfrutar nuevas cosas de la vida.

Roma llegó bien acompañada. Desde que la vi, La Gringa me impactó. Aparentaba menos de los 36 años que Roma me había dicho que tenía. Se presentó como «La Gringa», y al decir su mote me mostró su sonrisa graciosa. Creo que fue la primera persona gringa que conocí que se hacía llamar «Gringa» a sí misma. Le pregunté si sabía de dónde provenía el término. Me dijo: «Sí, claro, meicanos gritaban a los soldados de Estados Unidos 'Green Go' cuando fueron a robarles sus tierras. Pero a mí no molestarme. Es la verdad». Así hablaba ella, con su español que no era correcto, pero se hacía entender.

Era muy blanca, delgada, un poco baja, ojos verdes, dientes de comercial de dentífrico, cabello corto castaño claro con el flequillo pintado de rojo escarlata y haciendo una ola gracias al gel. Vestía como una rockera bohemia, chaqueta verde-militar con chapas y parches, boina gris con varios pines, botas altas de cuero verde con muchas cremalleras y velcro, medias panties con rayas negras y blancas y minifalda de cuero negro. Se sentaba con la espalda recta y de vez en cuando fumaba un mentolado con su gracia natural. Su poco español, me venía bien porque quería practicar mi inglés (If you don't use it, you loose it!). Me contó que había nacido en Nueva York, pero la mayor parte de su vida había vivido en Chicago. Ambas ciudades me eran muy interesantes por lo que quería que me contara de su vida. Se dedicaba a la pintura, de cuadros por gusto, y de paredes de casas para sobrevivir. También había trabajado como bartender.

A los minutos de conversación salió a relucir mi debilidad por los artistas que de una forma u otra me resultan seductores, la solidaridad que me producen los trabajadores de la noche que lidian con un público endemoniado, y, sobre todo, mi admiración por los idealistas. Creo que ambos sentimos rápidamente que el otro completaba algunas piezas que nos faltaban en nuestros rompimientos de cabeza. La Gringa había escogido a Buenos Aires como el lugar ideal para desarrollar su proyecto. Cuando me contó de qué se trataba su iniciativa me pareció tan interesante como utópica. Consistía en crear una red internacional de artistas que se apoyaran mutuamente en la producción de sus obras de arte, compartiendo ideas, contactos, techo y comida, y ¿por qué no? hasta parejas. La Gringa y yo congeniamos casi inmediatamente, parecido a como me había ocurrido con Tina y con Rafael. Tanto se notó, que Roma después de mirarnos un rato, con una sonrisa cómplice, se despidió y nos quedamos La Gringa y yo habitando esa Pachamama en donde había lectura de poesía a la una de la mañana.

Me alegró verla sacar un porro de su curiosa cartera. Fumamos y nos atacamos de risa. Seguidamente comenzaron los poetas a recitar. Como ella no entendía casi nada, yo le traducía los poemas en versión resumida con murmullos al oído, sintiéndome un "art interpreter" seductor.

La Gringa me decía que le encantaba que yo fuera de Venezuela y que me gustara escribir y hacer yoga. «Me gusta mucho los chicos latinos, aún más gusta artistas, y si tú yoga, uffff. Tienes todo lo que quiero». Le pregunté qué haría al día siguiente. Hicimos planes para ir a Tigre, La Gringa quería ir allí porque Roma se lo había recomendado y porque quería conocer esos canales rodeados de campos y pequeñas playas; y más se emocionó cuando le dije que podíamos hacer yoga allí.

HUÉRFANOS

Roma tenía en su casa tres hermosas plantas de Cannabis. La Gringa y yo inventamos un código para invitarnos a fumar: «¿Vamos a la casa de María?». A veces lo cantábamos y bailábamos, con mucho movimiento de cadera. Bajo los efectos de la hierba intentábamos entender a los argentinos. Imitábamos su caminar canchero y sus conversaciones rebuscadas. Íbamos recabando piezas de argentinidad para alabar y criticar. En el Museo de Cera de Caminito, La Gringa me pidió que encendiera el grabador de mi MP3, y, en una placa, leyó que el «términou» «gaucho» proviene del quechua y significa huérfano, porque creció desamparado de dos regiones: la europea y la indígena.

Creo que como huérfanos nos sentíamos nosotros también al tener a nuestras familias tan lejos. Tal vez por ello ella se comportaba muchas veces como una madre cuidadora y yo como un padre aleccionador; pero en el fondo, y a veces ni tan en el fondo, nuestra infantilidad nos arrastraba a huir de ciertas responsabilidades. Lo que queríamos era jugar, a veces clamando atención del otro y del resto.

Estas mezclas de comportamientos se evidenciaron y generaron roces en nuestra relación.

Sin embargo, nuestro intento proseguía. La idea era entender-nos. Buscábamos teorías para comprender nuestra cotidianidad y contexto. Por ejemplo, a ambos nos parecía insólito el problema que había con las monedas, las cuales eran necesarias para viajar en autobús. Me dijo: «Lo primero que Roma enseñó para sobrevivir en Buenos Aires fue mentir. Hay que cuidar monedas. Cuando piden en una tienda pagar con monedas, tener que decir: ¨no tengo¨, aunque tengo».

Me gustaba acompañarla a muestras y galerías de arte. Un día que no le fue bien con unos asuntos que tenía que hacer, y para rematar se perdió varias veces en los autobuses, me escribió: «Buenos Aires is like an abusive lover that beats the crap out of you and then fucks your brain out really good, so that you keep begging for more» (Buenos Aires es como un amante que abusa de ti, te saca la mierda a patadas, y luego te coge tan bien que te deja deseando más). Coincidíamos en que la capital argentina parecía diseñada para fascinar a los turistas (como nos había ocurrido), pero para prostituir a sus residentes (como nos estaba ocurriendo).

La Gringa tenía un conflicto porque la veían como una turista. No le gustaba sentirse así etiquetada, e insistía que su intención en Buenos Aires no era turistear. Ella estaba allí por un proyecto artístico. Para no pasar por extranjera, me hablaba en español en la calle, aunque por su pronunciación llamaba aún más la atención. Un día le dije que ya tenía la solución para su tourist-label-issue. Nos haríamos unas remeras (camisetas) que dijeran en letras grandes:

TURISTA, y saldríamos con gafas de sol, sombreros y cámaras de fotos colgando.

Creo que nos entendíamos porque nos completábamos. Ambos estábamos necesitados de afecto. Ella buscaba un latín lover y yo estaba feliz de haberme topado con una gringa loca que me decía que me iba a llevar con ella pa'la Yuni (como a lo loco le decía yo a USA por lo de The 'Yunitedsteits…'), algo que comenzaba a creerme como una buena posibilidad. La coincidencia de que justo una gringa hubiese rescatado a Mónica de que siguiese viviendo en el subdesarrollo, y, además, vivir en el mismo país en donde estaba Mónica, me parecía una maravilla.

La «gringuita» (me gustaba decirle así, aunque era diez años más mayorcita que yo) de a poco me fue develando sus misterios. Me contó historias de su familia, de sus novios (ya había tenido un novio gay) y de sus viajes. La barrera idiomática a veces ayudaba a nuestra comunicación, porque democratizaba la inteligencia. Ninguno de los dos entendía con totalidad lo que el otro decía, tal vez por una forma verbal o un slang. Ante los malentendidos preferíamos darle la oportunidad a la duda y no interpretar malamente algo que podía ser hiriente. En lugar de sentirnos limitados por el idioma, buscábamos aprender a sintetizar las ideas y a resolver los malentendidos con un: «Tal vez no comprendí lo que querías decir». Lo malo hubiese sido obstruir nuestros pensamientos y sentimientos, pero a esos nos gustaba dejarlos fluir.

Ella se sentía contenta por vivir en Villa Santa Rita, que no era un barrio turístico como Palermo o Recoleta. Una tarde me contó cómo ya interactuaba con sus vecinos. De todos, Juancho fue el que más tardó en devolverle el saludo. Después de pasar una semana diciéndole todos los días «¡Hola!», al fin el loro se dignó a responderle. Hasta los animales son divos en Buenos Aires.

A La Gringa se le ocurrió crear una sección en su blog llamada *The Latin Guy of the Week* (El chico latino de la semana), en la que yo resulté ganador invicto. Allí colocaba mis fotos, los dibujos y hasta caricaturas que ella me hacía y algunas frases que yo le había dicho, y que le resultaban graciosas. En el resto del blog contaba sus aventuras: sus persecuciones a un gato cara de viejo en el Jardín Botánico, sus investigaciones para descubrir quién le dejó un elefantito de porcelana en su ventana, sus compras estrafalarias, como las de unas bombachas (bragas) amarillas que decían en letras rojas en la zona púbica: «No seré virgen, pero hago milagros», y otros asuntos de importancia semejante.

Cuando se enteró de que inaugurarían el primer Starbucks en Buenos Aires, pegó un grito: «¡No, acá no! Let's do an anti corporation grafitti campaign, con stencils que digan: "Out Starbucks!"». Le respondí que igual iban a inaugurar todos los Starbucks que tenían en mente. «Recuerda siempre pensar como revolucionario», me soltó.

ALWAYS FORWARD, NEVER STRAIGHT

La mayoría de las veces buscábamos complementarnos. Mientras ella cocinaba para los dos cantando Don't cry for me Argentina (decía que Madonna, con su película Evita, había sido una de las cosas que influyó en su decisión de vivir en Buenos Aires), yo traducía los textos de su proyecto artístico. Varias veces se apareció en mi casa de sorpresa para llevarme comida en táperes, y cuando yo le decía que no se hubiera molestado, respondía que le gustaba viajar en bus de casa de Roma a la mía. También me ayudaba a mejorar mi inglés y a encontrar opciones de trabajo. Me suplicaba que no rociara Raid (en spray): «Please, Latin boy, be careful with your lungs!». Yo la alentaba con su proyecto, y le enseñaba español venezolano, aunque lo que ella quería eran besos y más besos. Éramos una máquina de inventar ideas, con pilas recién puestas. Paseos por Argentina, excursiones por el mundo, planes de todo tipo. Un día hasta me dibujó cómo sería nuestra casa.

En la cama no nos iba del todo bien, pero tampoco tan mal. Se nos ocurrió un nuevo género pornográfico: «Mujeres que violan gays». La Gringa me daba clases de anatomía, me adiestraba para manipular lo que llamaba su little-penis (y yo deseando que ese little penis fuera 70 veces más grande y que tuviera huevos... ¿Y las tetas? Que se quedaran. Las tetas de La Gringa me gustaban). Una sola vez sentimos que hicimos el amor, pero fue una sola vez. En una oportunidad me propuso introducirme un juguete sexual, pero la cabeza no me daba para tanto. No me atreví, aunque ella bastante que me alentó diciéndome que no olvidara «mi principio», que según ella era: Always forward, never straight (siempre hacia delante, pero nunca «derecho»).

Para mí, que había sido tan sexual, tener una pareja con quien, a pesar de nuestra diferencia de edad (una década me llevaba) y tanto más, casi todo funcionaba, menos el sexo, era toda una lección para valorar más los otros frentes. Lo esencial era que había una gran conexión entre los dos, había química. Como en la canción Amante Bandido de Miguel Bosé, sentía que ella era «la marea que arrastraba a los dos», mientras y le prometía: «Seré un hombre por ti, renunciaré a ser lo que fui».

Pensamos que sería un buen invento convertirnos en los anfitriones de un programa, estilo podcast, para cumplir nuestra ilusión de viajar por el mundo. Se nos ocurrió el plan cuando fuimos a pasear por Avellaneda, y entramos en una hipertienda trasnacional. Haríamos una emisión de estilo documental sobre la influencia del capitalismo en el tercer mundo. Con mi MP3 registré la conversación, que luego traduje y transcribí:

Gringa: Estamos en «Avellanera», una ciudad pequeña a una media hora de Buenos Aires. Vamos a entrar a una tienda muy grande. ¿Por qué mucha gente viene a comprar acá?

Yo: Fíjate qué inmenso es el estacionamiento. Todo está limpio, bien señalizado, recién pintado. Muy diferente al resto de la ciudad. Da la apariencia de que entras a un lugar lujoso y custodiado. Mira las rejas protectoras y el personal de seguridad merodeando. Un ejército protegiendo un fuerte provisto de tecnología: cámaras, puertas automáticas, escaleras mecánicas…

Gringa: Lo primero que vemos al entrar son los muebles. A quienes buscan comida los obligan a ver sillas, platos, jarras… como para que se les antoje hacer un banquete.

Yo: Puedes venir y amueblar tu casa entera: neveras, utensilios. Todo muy bien iluminado.

Gringa: Yo quiero uno (señalando emocionada un contenedor de plástico). No lo necesito, pero mira este color. ¡Pero no lo necesito! El nuestro ya está sucio. Comprémoslo, ¿no? Mi amiga tiene uno azul y yo también lo quiero.

Yo: ¡Qué bueno que vinimos! Sabía que habría ofertas. ¡Por eso hay tanta gente!

Gringa: ¡Y podemos pagar con la tarjeta de crédito!

Yo: ¡Aprovechemos y vamos a por un regalo para Roma! También quiero unos zapatos.

Gringa: Me gustan todas las modalidades de latinas que hay (mientras mostraba las latas).

Yo: ¿Comparas a las mujeres latinas con las latas? Así nos ven los gringos: como una mercancía para ser usada y desechada.

Gringa: Creo que tienes una problema conmigo. No me distraigas que estoy buscando algo, pero como veo tantas cosas ya olvidé qué era. ¡Ah, salsa picante!

Yo: Como tenemos que vivir la experiencia total, La Gringa va a comenzar a comprar de verdad. Ahora está frente al estante, impresionada con tantos tipos de salsa picante: alemana, china…

Gringa: ¡Oh!, ¡de Patagonia! ¡Necesito llevar esta!

Yo: Qué bueno está el envase, creo que muchas personas compran sólo por el packaging. Ah… ¿escuchas? Música para ambientar, así nos incitan a comprar más.

Gringa: Fijarte en los colores cálidos y llamativos por todos lados: rojo y amarillo. Y a donde giras ves una marca: Coca Cola, Kraft…

Yo: Mira, ¡Están repartiendo papas fritas! La gente hace cola para probarlas.

Gringa: Y allá dan «7up». El plato completo. Muy nutritivo.

Yo: Hay también pequeños restaurantes en donde te puedes sentar a consumir más: un dulce, un café, cenar… Vamos a la despensa de las bebidas alcohólicas. ¿Cuántas botellas habrá acá?

Gringa: ¿Unas 5 mil?

Yo: Imagino las botellas como armas, aquí hay todo un arsenal.

Gringa: Se nota que estás saliendo mucho conmigo. La iluminación es tenue, para que la pareja se vea atraída por el romanticismo, y compre vino, champaña, whisky. ¿Qué tan grande es este lugar?

Yo: ¿Un kilómetro cuadrado?

Gringa: Está grande, ¿no? Y mira el tamaño de esas salchichas. Son inmensas, ¿fálicas?

Yo: A La Gringa se le comienza a desviar el pensamiento. Mira éstas (le señalo unas salchichas delgaditas. Nos reímos recordando nuestra conversación acerca de cómo nos había ido con los pitos argentinos). Typical Argentinian sausages!!

Gringa: Colocan las ofertas de forma gigante para que creas que es muy barato. Te las meten por los ojos.

Yo: La mentira si se repite a viva voz pasa a ser verdad. Allá hay juegos para niños y para grandes. Mejor vámonos antes de que nos gastemos en esta máquina tragadinero las monedas que tenemos para pagar el autobús.

DO YOU WANT TO MARRY ME?

La Gringa tenía fecha para volver a los Estados Unidos y se aproximaba segundo a segundo. Su visa era de tres meses y sólo le quedaban dos semanas. A la vez, lo de ir y volver ya no le parecía tan buen plan. Su parte cuerda le decía que no era recomendable quedarse a vivir en un lugar con poco desarrollo, tanta inseguridad, huelgas, deterioro social y urbanístico, engaños… Me dijo: «Me parece que el norte no es el sur. Hay otros nortes. España me gusta. Ya sé mejor español. Allí puedo enseñar inglés. ¿A vos no te parece España un mejor lugar?». Por supuesto que mi respuesta era sí. Pero en ese momento no veía el camino con claridad. En cuanto a lo nuestro, creo que siempre supusimos que era un «romance de crucero», sabíamos que era casi imposible seguir la relación al bajar del barco, al ser de mundos tan distintos.

Mónica, al contarle que La Gringa se había lanzado y me había propuesto: «Do you want to marry me?», me preguntó por qué no me atrevía a entregarme. Al principio pensé que La Gringa estaba bromeando como usualmente, pero al reírme me aclaró que era *in serious*. Se me cruzaron los cables.

La terapia mediante mis escritos conjugado con el Yoga para aclarar mi mente, todo se fue al garete en un instante, le dije: «Sí Gringa, casémonos». Esa misma mañana fue a la embajada de los Estados Unidos, para averiguar los requisitos para efectuar nuestro matrimonio. Volvió decepcionada. No era nada fácil: la solicitud tenía que hacerse en Estados Unidos, el trámite tardaría más de seis meses y, para colmo, el matrimonio también debía realizarse en los Estados Unidos, para que yo pudiera obtener la Green Card. Mientras ella hacía cálculos de sus ahorros y me interrogaba por los míos, yo me preguntaba si estaba convencido. La respuesta sincera era que no estaba preparado para un giro de esa cantidad de grados. Lo hablamos y decidimos esperar un poco a ver cómo seguía nuestra relación las semanas sucesivas. Mirándome a los ojos me dijo: «Te dije que sería difícil pero no imposible. Si de verdad queremos, podemos casarnos».

Días antes de su partida, «La Gringa» me pidió que la acompañara a despedirse de la vendedora de una tienda medio trash, en la Bond Street, en donde ella solía comprar; porque el capitalismo no le iba, pero el consumismo sí. Sentado con su amiga rockera estaba un chico que me pareció un bombón. No le presté la más mínima importancia ni a la conversación de ellas dos ni a la ropa. Mi atención la tenía él. Grandes ojos verdes, narigón, bigotitos y barbita. Nos sonreímos con disimulo. Sentí calor en la cara. Dicen que las pupilas se dilatan cuando ven algo con tanto deseo, eso debe haberme pasado. Enderezamos nuestras columnas, paramos las colas y nos dimos unos roces discretos con nuestras rodillas. Él nos quiso mostrar sus remeras de diseños pintados a mano. Eran interesantes, pero la vista se me iba a su cara y a su cuerpito. Se me acaloró la cabeza y algo más. La amiga de «La Gringa» nos invitó a un concierto under esa noche. Aceptamos, nos pasó la información en un papel y al salir de la tienda giré a verlo, él salió a mirar cómo nos alejábamos.

PRIMERA NOCHE QUE NO ME HACES SENTIR «ESPACIAL»

Al concierto fue Matías también, así se llamaba el chico de la tienda. Paradójicamente, La Gringa, a punto de dejarme, me había llevado a conocer a quien haría que no la extrañase tanto. En el recital, él se sentó a mi lado, metí mi mano entre su espalda y su camisa y le rocé con mis dedos sus lumbares e hice mis intentos de bajar el dedo más largo a su surco, su piel era muy suave. Él me dijo, al oído, que se estaba imaginando que introducía su cara entre mis piernas; y yo bajé mis dedos a la entrada de sus nalgas, queriendo descender más y más. Intercambiamos teléfonos por debajo de las sillas, mientras que La Gringa hablaba con su amiga, pero ella no era tonta; se dio cuenta de todo y me dijo: «Primera vez que no me haces sentir "espacial"». Esa misma noche Matías y yo comenzamos a mensajearnos, pero preferí posponer nuestro encuentro hasta que La Gringa se hubiera ido, porque ella y yo queríamos pasar la mayor cantidad de tiempo juntos antes de separarnos.

Como habíamos hablado de pintar mi casa, le propuse ponernos manos a la obra. La Gringa accedió porque le dije que luego, de premio, saldríamos a comer pollo asado. Las paredes de mi casa tenían manchas de humedad, que ella una noche había intervenido para transformarlas en un gigante hongo de bomba atómica. Yo no quería seguir teniendo a mi lado semejante explosión. Era hora de cambiar las energías.

El plan no pintaba mal, fumaríamos, escucharíamos buena música, y luego comeríamos rico. Coloqué todos los muebles en el centro de la casa y los cubrí con sábanas viejas. Fui a comprar pintura blanca y un par de brochas.

Cuando ella llegó, me preguntó por qué no había comprado el material que usan en Estados Unidos para cubrir el suelo (una especie de plástico de nombre complicado). Peor aún fue decirle que en Latinoamérica usamos periódicos, pero que yo ni eso tenía. Le pedí que se tranquilizara, que haríamos todo con cuidado y no mancharíamos nada.

Abrimos el inmenso cubo de pintura y, muy emocionados, comenzamos a pintar cada uno una pared. Después de mis primeros brochazos, en los que imaginé que nos podíamos ir a Europa, y trabajar pintando casas y viajar por muchos países, me bajé de la escalera para seguir coloreando en mi imaginación un horizonte tan lejano como encantador; tropecé con el pie el cubete de pintura y en segundos el suelo de parqué se cubrió de una alfombra espesa de pintura blanca. Me quedé paralizado y me brotaron las lágrimas. Me sentí culpable por fumar tanto porro y por no ser honesto conmigo ni con ella e insistir en la posibilidad de una pareja imposible para mí.

La Gringa me consolaba abrazándome y diciéndome: «I should

have warned you (te debí advertir)». Hizo una especie de pala con un cartón y comenzó a remover la pintura del suelo. Yo me puse a limpiar con el trapeador. Al poco rato ella comenzó a hacer chistes colocándose pintura en la cara, haciéndose trazos, de indígena y emitiendo tribales «Bu-bu-bu». Quería que riéramos, que tomáramos eso como una simple anécdota. Sin embargo, yo estaba triste, sentía que nuestros inventos eran disparatados y no acababan bien. Limpiamos y pintamos sin mucho detalle y nos fuimos a comer el fulano pollo.

En casa de Roma compartimos nuestra última noche. Nos besamos mucho, pero no tuvimos sexo. Cuando recogió sus pertenencias, me regaló su boina, las monedas que le quedaban y otras tantas cositas. Llamamos al taxi. Cuando llegó tuvo que esperar un buen rato mientras nos abrazábamos, besábamos y confesábamos que nos extrañaríamos.

SIN ALERGIA ALGUNA

Es muy difícil que un puto deje de serlo, porque no conozco al primero que lo haya hecho. El mismo día en que se fue La Gringa invité a Matías a mi casa. Justo terminaba de retocar las paredes con pintura cuando él llegó. Le pedí que me esperara mientras me duchaba y estando en la regadera sentí su lengua recorriendo mi espalda. Me giré y siguieron los labios.

Brotaron descubrimientos, susurros, caricia, y besos laaaargos de diferentes colores. Acompañados por las misteriosas voces de CocoRosie. Despliegues, desparramamientos, desquicios, desarmes. Delicioso, divino. Muslos jugosos, labios rosa, dientes redondeados, un lunar encima de su tetilla izquierda. Hermoso. Las leyes de la vida sexual no se pueden gobernar. Es inservible obligarse a querer sentir deleite por tragar saliva, sudor u otro fluido de alguien. Surge o no surge.

Sentí que todas nuestras partes eran compatibles. No había alergias de ningún tipo, como, a mi pesar, sentía con La Gringa. «Alergia» de la que pretendí curarme, pero el antídoto me fue inaccesible. Así corroboré que no irme con ella había sido lo más sincero y leal con los dos. Nuestra relación fluía con mi corriente, entonces, no debía seguirlo. The idea is to go with the flow, not against it.

Matías y yo comenzamos a vernos cada vez más. Yo iba para los treinta y él recién pasaba los veinte. Me hacía recordar la época en la que creía que podía alcanzar casi cualquier cosa, cuando me sobraban las ganas de estar ilusionado. Él me decía: «¿Cómo te vas a sentir agotado?, ¿cómo no vas a vivir con pasión?, si la vida es corta y hermosa». Él, a pesar de sus pocos años estaba muy avanzado en el tema gay. Hasta había vivido con un novio, algo que yo no había hecho. Al conocer su historia familiar lo entendí mejor: su madre era lesbiana, trabajaba vendiendo cacharros usados con un carrito por las calles de su barrio. Su padre los abandonó cuando él era muy pequeño. Al no tener quien le dijera qué podía hacer y qué no, tuvo que ingeniárselas por su cuenta para descifrarlo.

Él vivía en lo que se definen como «villa miseria». Escribía poemas y pintaba remeras que dejaba en las tiendas, para su venta por consignación. Sus temas recurrentes eran la guerra, la injusticia social y la evasión reinante en los oprimidos mediante sustancias, hierbas, pastillas, inyecciones. Dibujaba niños que jugaban con proyectiles (lo que me hacía recordar a La Gringa), lluvias de jeringas cayendo sobre un chico que dormía en el banco de una plaza, un adolescente bailando con los ojos desorbitados envuelto en una telaraña de la que sobresalía la palabra «Éxtasis».

«Si hoy sé hacer algo es porque desde chico le tomé la mano al pincel, y salí a vender mis dibujitos para comprarme una campera porque tenía frío», explicaba con cierto orgullo melancólico. A mí me daba placer mostrarle sitios de Buenos Aires que sospechaba que le gustarían como La Catedral del Tango. Él se emocionaba con todo. Por su parte, él me llevaba a zonas populares de las que suponía que yo nunca había escuchado y menos aún visitado: las villas Manolita, Sol y Verde o Santos Lugares… Quería que yo abriera mis ojos ante su realidad.

Le confesé a La Gringa que estaba saliendo con él. Me dijo que ya lo sabía y que no me negaba su frustración por haber fracasado en su misión. Matías era detallista y sorpresivo como ella. Me metía chocolaticos en la heladera, me regaló una plantita. «Será como nuestra hija, pongámosle un nombre». Y se quedó «Plantita», a la que cada tanto le llevaba adornos, como una mariposa de madera pintada por él con muchos colores. Él sabía cómo impresionarme con salidas inesperadas, como cuando le pedí que me hiciera una camiseta que tuviera un mundo dibujado pero visto desde África y no desde América, como casi siempre nos lo muestran. Cuando me la entregó la llevaba puesta. Me pidió que se la quitara, y se giró. Tenía el mismo diseño mundial tatuado en la espalda, justo donde lo miraba cuando me le encimaba para poseerlo.

Entusiasmado con la vida y la escritura, porque a Matías también le gustaba escribir (en su caso poesía) y leerme, decidí hacer el trabajo final de los estudios de Comunicación Cultural que había ido a cursar en Buenos Aires acerca del proceso de asesoría en la creación de libros autobiográficos. De esta manera, me sumergiría en la escritura terapéutica y generaría puentes de indagación y exploración.

El enamoramiento me llenaba, me daba fuerzas. Me fascinaba escribir mientras él dormía en mi cama; aunque el deleite paradisíaco que sentía no duraba mucho. Pronto se trastocaba cuando él me conducía a entrar súbitamente en un calvario por sus celos y locuras. Yo era consciente de que lo que más nos unía era la gran carga sexual que le despertaba el uno al otro. Sus nalgas, cojincitos de carne fresca que no me cansaba de apretujar, lamer, morder, y estrellarme en ellas. Yo era Perón y él Evita. Sin embargo, cada vez me percataba de más inconvenientes que me hacían pensar que lo mejor era evitar a este diablito disfrazado de ángel, un malabarista de la vida, un animalito misterioso, un gatito seductor que se bronceaba desnudo, un demonio de la tentación con el que me gustaba arder.

La salida del laberinto

Le llevaba a Matías más de una década por lo que creo que me despertaba la crisis prematura por hacerme mayor. Cuando le aconsejaba algo, me respondía que yo no era su padre. Por otro lado, me transmitía su entusiasmo juvenil, lo que me ayudaba a enfrentar esa crisis emocionándome por las posibilidades y conquistas que tenía o teníamos por delante. Sin embargo; posiblemente por nuestros orígenes tan distintos, comenzamos a chocar cada vez más. Él me pedía que lo comprendiera, yo le pedía lo mismo.

Lo peor de Matías era su celopatía. No sabía si él traía esa inseguridad o si se la generaba yo sin darme cuenta. Lo cierto es que tantos celos me incentivaron a darle razones de tenerlos. Metiéndose en mi Facebook, se enteró que yo había tenido un rollo con un chico del Yoga. Fue el acabose. No era la primera vez que transformaba nuestra realidad en una selva peligrosa por sus salidas demenciales. Me amenazó con quitarme la vida y luego terminar con la suya, lanzándose al metro. Todo me estresaba y me angustiaba a más no poder. Comenzaron a brotar conflictos que nos llevaron a límites insanos como cuando un día se metió con mis claves en mi computadora y borró gran parte de mis archivos. El acabose fue que tras pedirle decenas de veces que no fumara en casa, y más aún cuando nos despertábamos, una mañana me levanté con el pie izquierdo y le grité que apagara el cigarrillo. Me respondió con insultos. Fue tan exasperante su tono, su poco respeto, que me le fui encima y le pegué un puñetazo en el pecho. Tuvimos que ir al hospital porque él decía que el dolor no se le iba. El médico aseguró que él estaba bien, creo que Matías quería aleccionarme, para que me arrepintiera bien. Mientras lo esperaba en la sala de espera en el mismo hospital a donde me habían llevado tras mi desmayo en el Exedra, me sentí perdido en Buenos Aires.

Llegar a ese punto fue una demostración contundente de cuánto necesitaba aprender a ser más consciente para no dejarme arrastrar por la ira. Aunque me había esforzado en mi sanación, en anclarme a un buen puerto para evitar naufragios, ese puñetazo también me lo había dado a mí mismo, por lo que tras ese golpe de timón quise marcar distancia entre Matías y yo. Mi prioridad pasó a ser escribir estas memorias para recapacitar mis lecciones de migración y también hacer más Yoga, porque si seguía dando tumbos así, iba a perder la lucidez necesaria para transitar el camino rumbo a mi encuentro. Reconocí que Matías no era un buen compañero en mi viaje. Necesitaba un descanso del círculo en el que habíamos entrado.

Con un insomnio galopante pensé en mi amigo venezolano Aristóteles, quien como psicólogo me había escuchado y aconsejado con sabiduría otras veces. Solía decirle: «Filósofo, ¡qué bien que te calza tu nombre!», para mayor admiración, él también era actor de teatro. En una llamada larguísima le conté acerca de mi situación en Buenos Aires, de Matías, mis estudios, mi trabajo, mis amistades… Me alentó. Consideró que el puñetazo lo había dado nublado por la rabia, sumado a que el insomnio trastoca los filtros dando rienda suelta a los impulsos. Me advirtió que verificara si Matías me hacía chantaje emocional para hacerme sentir culpable. A la vez, Aristóteles me confesó que le atraía mucho mi trabajo de fin de curso acerca de la escritura terapéutica. Me propuso escribir un libro de la piscología de los actores basado en su experiencia en ambos campos. Me pareció una maravilla, porque este trabajo me llevaría a Venezuela por unas semanas en las que tendría la oportunidad de reencontrarme con los míos. En mi lucha migratoria, la supervivencia me había hecho sentir tan atareado que me había bloqueado emocionalmente por lo que no era capaz de palpar cuánta falta me hacían.

En vísperas de mi viaje comencé a tener a mis seres amados más cerca de mi corazón, los pensaba intensamente, procurando comprenderlos tal y como son, para despojarme de la necesidad inconsciente de conectarme con ellos repitiendo las pautas que padecí de niño, como los nervios y rabia de mi madre y el apego a los conflictos emocionales de mi padre.

Con este proyecto que incluía mi viaje de retorno se me abría una oportunidad de redescubrir mi mundo y de ser redescubierto por él, de hacer un reencuentro conmigo. Por eso no quería tener un plazo limitado ni reducido. Hablé con mi casero para terminar el contrato del apartamento que había sido mi refugio y bulín creativo. Vendí y, sobre todo, regalé mis muebles, libros, utensilios de cocina, ropa, juguetes sexuales... Una vez más mi vida material se redujo a dos maletas.

Si volvería o no a Buenos Aires quería decidirlo en mi tierra, jugando como local y no como invitado. Cobraba fuerza la idea de migrar a otro país del primer mundo, como España, que siempre me había atraído. Tina cada tanto me contaba de su vida y estaba feliz, casada, trabajando, viajando, pensando en la posibilidad de tener un hijo... Migrar la había ayudado a madurar. Parecía estar viviendo el «sueño italiano». Yo pensé: ¿Y si me enamorase de alguien de España o de Europa? La única vez que había cruzado el charco, el viejo continente me había parecido idílico. Siempre había soñado con recorrer las capitales de la cultura occidental. Para cumplirlo tenía que organizarme y armarme (una vez más) de valor para saltar. Como una vez me había sentido inundado por la pasión del «tren al sur», ahora el flamenco, Madrid, Almodóvar, Dalí, Gaudí, Barcelona, Carmen, Sevilla, Mecano, Los Hombres G... y tanto más comenzaba a sonar in crescendo en mi cabeza, en mi corazón y en mi estómago, como el movimiento orquestral del Bolero de Ravel de inspiración española.

Mónica, Los Ches, Tina, Luciano, La Gringa, Juliana, Roma, Aristóteles e incluso Rafael, con quien había vuelto a hablar a raíz de que me llamó para despedirse porque había conseguido una beca en Londres; todos me aplaudieron por la decisión de volver a mi país, de forma indefinida. Pero para Matías fue tormentoso. Entre llantos me preguntaba, una y otra vez, si volvería a Buenos Aires y cuándo lo haría. Ciertamente yo iba a extrañar con creces el sabor de su piel y nuestras caricias, pero lo esencial era crear perspectiva para pensar y sentir qué era lo que yo realmente necesitaba y deseaba, y estaba claro que nada tenía mayor fuerza y color que acariciar a mi mamá, comer su comida; abrazar a mi papá, leerle; acercarme a mi hermano, escucharle viéndolo a los ojos, directamente, y no a través de una pantalla. Separarnos durante este tiempo nos había ayudado a crecer y a madurar nuestro cariño. En lugar de tener kilómetros de separación (reales y ficticios) caíamos en cuenta que nos era más importante valorarnos más y mejor.

Contaba los días lleno de emoción. No veía la hora de sentir a mi familia piel con piel, de contagiarme de nuevo con la energía de la casa en la que crecí, caminar por las calles de mi niñez, ir al parque en donde jugué con mis amigos, pasear por mi colegio, ver a mis vecinos, subir mi montaña... Me columpiaba entre las emociones alegres y el miedo.

Cuando le conté a Alejandra, una vecina de mi familia, que volvería a Caracas me ofreció en alquiler una habitación de su casa; así tendría a mi familia muy cerca sin tener que estar de nuevo bajo el ala. Mi amiga Daniela, quien había estudiado conmigo en la Universidad, me propuso ofrecer talleres de escritura en un centro de capacitación que estaba dirigiendo. La decisión cobraba mejor sentido y apoyo.

El día de mi vuelo tomé un taxi para ir al aeropuerto. Lloraba de alegría y tristeza a la vez. A través de mis auriculares la música del Bolero de Ravel, con sus ciclos, me envolvía, cobrando intensidad, sin detenerse, como la banda sonora de la vida. ¿Pausará algún día?, ¿qué pasará cuando el desmayo sea fulminante?, quizá la banda siga tocando.

Con mi mirada perdida observé a través de la ventana del taxi los balcones, la gente; recordé mis encuentros y desencuentros. Entre los viandantes, en espejismos, vi a los Ches con su bebé jugando en un parque, a Tina conversando con Rafael en una barra, a La Gringa sentada en una plaza tomando mate, jugando con un gato, a Matías mirándome en una esquina lleno de tristeza y de rabia. Sentí dolor por él, pero me tranquilizaba pensar que lo superaría, como había hecho tras otras durezas de su vida.

Asomado en la ventana del avión saqué mi libreta de notas y recordé las palabras de Celeste: «Escribí lo que me estás contando… Te hará bien». Lloré entre las nubes arropado de agradecimiento sintiendo una sintonía indescriptible. Todo me resultó perfecto, hecho a la medida para llegar a este momento en el que me acercaba al lugar en donde nací con la gente con la que crecí. Atravesando la selva del Amazonas comprendí la frase de Bert Hellinger «Quien no tiene raíces no tiene alas». Escribí en mi libreta: «Gracias amor. Gracias vida, por mis raíces, por mis alas, por mis amores».

Me encandiló el sol y alabé su divinidad. Cerré mis ojos y agradecí una vez más.

FIN

ACERCA DEL AUTOR

Daniel Duque Gil (Caracas, 1979) Comunicador Social (Universidad Católica Andrés Bello, Caracas, 2001). Master en Comunicación Institucional (Universidad de Ciencias Empresariales y Sociales, Buenos Aires, 2016), Diplomado en Edición de Textos (Universidad Complutense, Madrid –becado por la Fundación Carolina–, 2005 y eCentro Nacional del Libro, Caracas, 2006).

Se ha desempeñado como periodista en la Fundación Bigott (asistente editorial de la Revista Bigott), como parte del equipo de Comunicaciones en Burson Masteller, Hay Group, Festival Internacional de Teatro de Caracas, Open Group y Corphus Menti. Ha colaborado también en medios de comunicación de Argentina, Chile, España y Venezuela, como El Nacional, El Universal y las revistas Exclusiva, Zona de Obras y 20 Mundos.

Ha publicado los libros *Malas Compañías* (Kier, 2009), *Un hilo hacia el alma* (Urania, 2003), *Parque del Este* (Diagrama, 2000), y ha orientado a personalidades mediáticas como Alejandro Chabán y Alfonso León en la creación de sus obras editoriales, las cuales se han transformado en best-sellers.

E-mail: daniel.duque.gil

IG/Twitter: @danielduque21

Tiktok: @danielduque2121

Made in the USA
Middletown, DE
29 December 2023

45385965R00085